小野俊太郎――著
Shuntaro Ono

シェイクスピア劇の登場人物も、みんな人間関係に悩んでいる

作品から学ぶ言葉の力

小鳥遊書房

目次

Contents

はじめに
困ったらシェイクスピアに相談しよう

第❶部
主張や言い訳が必要になったとき

第1章
「悪巧みでこの島をだまし取りやがったんだ」
～自己主張をしたいとき～

第２章
「あの無垢だったアダムだって堕落したんだぞ」
～言い訳が必要になったとき～

第３章
「貧しい者が泣いたとき、シーザーも泣き崩れた」
～スピーチを求められたとき～

第❷部
個人がひとりで苦悩するとき

第４章
「今のままか、それを断ち切るか、問題はそこだ」
～メランコリックな苦悩にはまったとき～

第5章
「恋すれば頬がこける。でも、君はそうじゃない」
～恋愛を夢見たときに～

第❸部
家族関係に苦しむとき

第6章
「お父さんが私の目で見てくれさえすれば」
～娘が父親から逃げたいとき～

第7章
「お前が父を愛しているのなら」
～父親の後を継ぐとき～

第❹部
組織のなかで生きるとき

第8章
「私は陰謀家のシナじゃない」
～差別から抜け出したいとき～

第9章
「実戦を知らん単なるたわ言だ」
～上司と部下が悩むとき～

おわりに
まだまだ使えるシェイクスピア

はじめに
困ったらシェイクスピアに相談しよう

◉みんな人間関係に悩んでいる

ウィリアム・シェイクスピアといえば、400 年も前の人です。徳川家康と同じ 1616 年に亡くなりました。苦悩する王子物の代表『ハムレット』、悲恋物の定番となる『ロミオとジュリエット』、ユダヤ人や黒人への差別を描いている『ヴェニスの商人』や『オセロ』などの劇が知られています。

それ以外にも、独裁政治を語るときに欠かせない『マクベス』や『リチャード三世』とか、男女間の論争を招く『じゃじゃ馬ならし』があります。メンデルスゾーンが作曲した「結婚行進曲」は、妖精が活躍する『夏の夜の夢』の伴奏音楽でしたが、現在ではそれとは関係なく結婚式などで使われています。そして、タイトルが諺（ことわざ）のように引用される『終わりよければすべてよし』や『お気に召すまま』といった劇もあります。

日本全国あちらこちらの書店や図書館の棚に、シェイクスピアの翻訳書が並んでいますが、考えてみるとこれは大変なことです。立場を逆にして考えると、イギリスの書店や図書館に日本の 400 年前の劇の翻訳がたくさん並んでいる状況と同じなわけです。演劇ですから、日本でも毎年舞台が上演され、世界を見渡すと、新作の映画やドラマも作られています。

どうしてなのでしょうか？

これほどの魅力をもつのは、何よりも出てくるキャラクターたちが全員困ったり悩んだりして、何とかそれを解決しようと奮闘しているからです。うまく成功する場合もあれば、失敗して悲劇的な結末を迎えることもあります。

悩みの大半は人間関係での悩みなのです。「わかってもらえない」、「言っても聞いてもらえない」、「言葉を取り違えられた」、「悪意をもって接してくる」、「仲間はずれになる」、「親友に裏切られた」――そうした日常の悩みに満ちているのです。

もちろん、「人生とは何か」、「運命とはどういうものか」、「歴史のなかで人はどのような役割をはたすのか」といった高邁（こうまい）な問いもあります。ですが、まず第一に人間関係の苦しみや悩みから出発して、難問にたどりつくのです。

さらに、劇では人間関係を立体的に描くことができます。各キャラクターそれぞれに言い分があるのです。そうした者どうしの議論やぶつかり合いやすれ違いが、舞台の上で再現されているのです。

『ロミオとジュリエット』で、ロミオとジュリエットとの間でも考えや価値観が異なります。親が決めた婚約者がいるので、すぐに結婚を急ぐジュリエットと、前の恋をさっさと諦めてジュリエットに乗り換えたばかりのロミオとでは、この恋にかける意気ごみに違いがあります。

しかも、それだけではありません。二人を結びつけた結果として悲劇への道をうながしたロレンス神父には、ヴェローナの町に平和をもたらすという思惑があります。ジュリエットの父母にも娘の幸せを願う言い分があります。乳母でさえ、ジュリエット思いから、ロミオの味方をしたり、婚約者の味方をしたりと態度を変えるのです。こうした大人たちに「悪気」はなかったのです。

すぐれた劇は、キャラクターそれぞれの言い分や考えも理解した上で、観客は幕が下りるまで見届けることになります。日記や手紙から発達した小説は、個人の感想や気持ちをつづることでも成立します。ですが、この劇は、「ロミオの熱烈ラブレター集」や「ジュリエットの秘密の日記」という作品ではないのです。

代表作となっているどの劇も、人間関係の悩みにあふれていて、各人の言い分に説得力がありながら、最終的に悲劇的な死やハッピーエンドを迎えるわけです。それが400年経ってもシェイクスピアが読まれて演じられる理由でしょう。

◉シェイクスピアの知恵を拝借する

今も生きている古典であるシェイクスピアの作品から、人生における難題についての知恵を拝借することが本書の目的です。シェイクスピアの作品には「百万の心をもつ」などと言われるように、多彩なキャラクターやシチュエーションが盛りだくさんです。実人生で悩み困ったときに役に立つヒントもそこにはあります。

ところが、シェイクスピアが目の前の現象に対して今すぐ役に立つとは限りません。薬にも、即効性をもち使用法を間違えると劇薬となるタイプもあれば、遅効だが滋養強壮に役立つサプリのようなタイプもあります。こうした場合のヒントも、シェイクスピアはきちんと書き残してくれているのです。

『ロミオとジュリエット』のなかで、二人を結びつけるロレンス神父は、庵(いおり)の庭で草花を育てています。神父の趣味に見えて、育てられているのは、どうやら実用的な薬草のようです。朝早く庭に出て、草花の世話をしながら、神父はこんなモノローグ（独り言）を口にします。

> この小さな花の固い芽には、毒が含まれるが、薬効もある。そのせいで、匂いを嗅(か)ぐと、五体は活気づくのだが、口に入れて味わうならば、五感は心臓とともに殺されてしまう。美徳と悪徳との相反する二つの王が、薬草(ハーブ)同様に人間のなかでも戦いの陣を張り、恩寵(おんちょう)と粗野なものが同居する。悪いほうが支配すれば、害虫のような死がその植物を食べつくしてしまうのだ。［2幕3場］

毒と薬とが紙一重とか、人間の心のなかで美徳と悪徳が争う、というのは常識的な話に思えます。けれども、前半の主張をひっくり返すと、毒に見えるものも薬効をもつはずです。それこそ、親を裏切って二人が結ばれる「悪徳」を貫いた『ロミオとジュリエット』という劇のねらいでしょう。しかもロミオはジュリエットが死んだと絶望して、毒を飲んで亡くなるのです。

ロレンス神父のモノローグが終わったところにロミオがやってきます。ジュリエットとの秘密結婚をロレンス神父に叶(かな)えてもらうためでした。「小さな花の固い芽」とは、二人の愛のことでもありますが、ロレンス神父の心にも両家を結びつける野心が湧いてきています。関係者にとっての小さな芽が毒にも薬にも変化する展開が劇の中心にあります。

ロミオがロレンス神父に相談したように、私たちはシェイクスピアに相談できるのです。あくまでもヒントをもらうだけですけれど。登場するキャラクターたちとともに、笑ったり泣いたり怒ったりするのを通じて、自分が置かれている状況を見つめ直す、というのが最大の効能かもしれません。

◉キャッチフレーズではだめ

本書の先輩ともいえるシェイクスピアの名言集は昔から編まれてきました。『ヴェニスの商人』の「光るものかならずしも金ならず」とか『ハムレット』の「後は沈黙」などを取り出す一種の金言集が多いのです。金言とは、「時は金なり」とか、「犬も歩けば棒に当たる」などカルタの文句や、交通安全の「注意一秒、ケガ一生」という標語のようなものです。

確かに、覚えやすくて印象深いセリフがたくさん出てきます。ロミオは、ジュリエットにバルコニーの下から声をかけて、互いの愛を確認します。そして途中でロミオは帰ろうとして、自分の気持ちを口にします。

> 恋人が恋人に向かうのは、小学生が教科書のある学校から帰る時のようだ。
> だけど、恋人が恋人から離れるのは、沈んだ顔で学校に向かう時のようだ。
> Love goes toward love, as schoolboys from their books,
> But love from love, toward school with heavy looks.

シェイクスピアが生きていた当時「エピグラム」という気の利(き)いた言い回しを重視する文化がありました。記憶したエピグラムをあとで誰かに聞かせるとか、会話や文章で引用するのです。ここでも、セリフを聞いて耳から覚えやすいように「教科書（books)」と「顔（looks)」とが韻を踏んでいます。

そして、今でも登下校する小学生の集団と出くわすと見られる光景が利用されています。朝は並んで学校にいやいや向かったとしても、授業が終わって帰るときには、解放されたうれしさから列を乱し、お互いに追っかけながら帰宅するものです。シェイクスピアの子ども時代の体験を越えて、今でも多くの人の共感を呼ぶでしょう。

◉対話のなかでセリフは生まれる

セリフは相手との関係のなかで生まれ、変化し、流動的です。ダイアローグ、つまり対話のなかで生じています。売り言葉に買い言葉ということで、対立がエスカレーションしたり、失言が人生の転落を招いたり、自己陶酔（とうすい）が破滅を導くなどします。

ひとり語りというモノローグではないからこそ、対話では相手にどのように反応したのかが鍵となります。その際に誤読や誤解もたくさんあり、とりわけコメディでは、そうしたすれ違いが笑われます。ボケとツッコミがセットでないと笑えないようなものです。

対話は当事者どうしが関係して形成されるわけで、出てきた言葉の責任はどちらか一方に還元できないことが多いのです。場の勢いで口にすることもあるわけです。誰が何のためにどのようなセリフを投げかけ、それに対して相手がどのように応じたかを見る必要があります。そのため本書ではなるべく前後の文脈を説明しながら、セリフを紹介しています。

どのように相手の言葉を切り抜けているのか、という異論や反論のすばらしさ、屁（へ）理屈によるはぐらかしやごまかしのテクニックも披露されています。人間関係を円滑におこなうには、率直に本心を語ることだけが最良の策ではありません。「嘘も方便」が正解の場合もあります。それだけに相手の言葉を上面（うわっつら）だけ信じても大きな失敗をするかもしれません。そうした人生の成功や失敗のシミュレーションをしてくれている、という意味でもシェイクスピアはお手本なのです。

シェイクスピア作品の対話を知ることには、どんな効能があるのでしょうか。試験勉強ではないのですから、すぐに真似（まね）ができなくても、知っておけば、心に余裕ができるかもしれません。何か悩んだり窮地（きゅうち）に陥ったりしているときに客観的に自分を捉えるのに役立つでしょう。

ハムレットは父親の亡霊の言葉を聞いたときに、忘れないように手帳にメモを取らなくては、と考えます。後で使うためです。そのうち思い出して、書いたメモや心のなかの記憶（メモリー）を読み返すとじわじわと効いてくるものなのです。もちろん、ロレンス神父が言うように、毒にも、薬にもなりえます。

◉使われる状況で意味合いは変化する

言葉はいつでも同じ意味合いやニュアンスを帯びているわけではありません。同じ字面（じづら）の表現でも、状況によって含まれる意味が大きく変わります。たとえば、別れるときに使用される「また会いましょう（We shall meet again）」という慣用表現があります。「ましょう（shall）」は、今ではあまり使われませんが、シェイクスピアの時代にはこれが普通でした。再会を約束する決まり文句です。

『ヴェニスの商人』のなかで、ポーシアが恋人の恩人であるアントーニオの窮地を救うためにヴェニスへと出かけます。法学博士に変装して、「人肉裁判」に決着をつけるためでした。そのとき、ベルモントの自宅の留守を、ジェシカたちに託すのですが、別れる際に「また会うまで、さようなら（till we shall meet again)」と言います［3幕4場］。これは普通の儀礼的なあいさつです。

『ロミオとジュリエット』で、ジュリエットは2回使用しますが、こちらは単なる儀礼を越えています。最初は、秘密結婚の後で期待に満ちたものでした。「あなたは、私たちがまた会えると思う？（think'st thou we shall ever meet again?)」［3幕5場］。もちろん、ジュリエットの会いたいという願望から出た言葉です。ただし、この後、ロミオがティボルト殺害の罪で追放刑を受け、その後ようやく再会できたのであり、不吉な予兆にもなっていました。

ジュリエットはロミオとの結婚の秘密を守り、両親が迫ってくるパリスとの結婚を避けるために、ロレンス神父の入れ知恵で、結婚式の前夜に眠り薬を飲みます。眠りに就（つ）くときに、母親と乳母（うば）にお休みを言い、モノローグとなります。「さようなら。いつまた会えるのかご存じなのは神さまだけ（God knows when we shall meet again.)」［4幕3場］。もはや生きて母親たちに会えないという不安と、神父が口封じに毒を盛ったかもしれないという不安を抱きながら、薬を飲むのです。事実母親たちとの別れは、その通りになってしまいました。

『マクベス』の冒頭で姿を見せる三人の魔女は、マクベスと出会う時間と場所を相談します。そのとき、「三人がまた会うのはいつにしようか（When shall we three meet again)、雷鳴、稲妻、雨のなかかい」[1幕1場]。これは悪巧みも含めた再会を心待ちにするセリフでしょう。今挙げたセリフの字面はそれぞれ似ていますが、意味合いやこめられたニュアンスは大きく異なります。(★1)

しかも演劇ですから、役者の声色や調子や間（ま）のとり方やタイミングによってもニュアンスは変化します。相手を称賛した言葉でも本心は別という場合も珍しくありません。言葉を駆使しながらシェイクスピアの登場人物たちは生活しています。

『ハムレット』に出てくる「生きるべきか死ぬべきか、それが問題だ（To be or not to be, that is the question.）」はあまりにも有名な一節ですが、シェイクスピアが書いたのはあくまでも劇のセリフです。これだけでは、どの単語に力点を置くのかわかりません。一応リズムはありますが、重々しく言うのか、それともさらりと言うのか、という違いだけでも観客が受ける感じが変わってきます。

こうした違いの実例として、2016年の没後400年を記念したBBCの『シェイクスピア・ライブ！』というテレビ番組で、同じセリフを多くの役者たちが言い合う場面がありました。(★2) ベネディクト・カンバーバッチ（さらりと言う）、ジュディ・デンチ（二つ目の「トゥ」を強調）、イアン・マッケラン（「ザ」ではなく「ズィ」と強調）など千差万別です。最後には、チャールズ皇太子（現チャールズ三世）が登場し、ハムレットの立場とも重なるイギリスの王子として、さりげなく「クェスチョン」を強調する読み方で締めています。本当に問題なんだよね、と言いたげです。

どれが正しいのかではなくて、ひとつのセリフに、どのような感情をこめるのかで、印象がずいぶんと異なるわけです。「悪魔だって自分の目的のためには聖書（Scripture）を引用する」と

『ヴェニスの商人』に出てきます。それならば、たとえ悪党だって、シェイクスピアを自由に引用することが可能でしょう。

◉古典を動態保存する

シェイクスピアが長い間人気を保ってきたのはなぜでしょうか。

第一に、扱った題材が幅広い。遺産や王権の相続問題から、結婚問題や権力闘争まで、また嫉妬や憧れが引き起こす悲劇や、取り違えや変装といった笑いの要素もあります。そして舞台となる場所も、古代のギリシア・ローマや中世のイングランド、イタリアを中心とした海外も多いのです。

第二に、主人公も老若男女の幅があり、しかも一座に属する役者たちに、劇のなかで配役があれこれと分配されています。当時は一人が何役もこなしてるのが普通だったので、少ない人数で劇を演じていました。出番が少なくても印象的なセリフを吐く場合があります。それによって出番が少ない役者でも舞台上で光るのです。このあたりも、組織内で生きていて、劇団を円滑に回そうとするシェイクスピアならではの配慮があるのです。

第三に、ほとんどのシェイクスピアの作品には、元ネタがあり、翻案し改変したという点です。その過程でオリジナルの要素が加わりました。ロンドンに上京して見知った王侯貴族や都市生活、さらには故郷の田舎町で見聞した文物が取り入れられています。『シェイクスピアの花』という本が出版されるほど花がたくさん登場します。思わぬところで具体的な鳥や虫の比喩が使われて、どうやら観察し関心をもつ対象が人間だけではないことに気づきます。

第四に、何よりも演劇人やファンに支えられてきたのです。人々が日常的にシェイクスピアの作品を観たり読んだりしてきました。またモチーフやアイデアがパロディや引用を通じて、新聞記事の見出しから文学作品や映画やテレビドラマまで影響を与えてきたのです。これは一種の「動態保存」といえるかもしれません。

イギリスで広くおこなわれているのが、「保存鉄道（Heritage Railway）」と呼ばれる蒸気機関車の動態保存です。古い機械類は博物館や公園の片隅に展示したまま放置しておくと、錆びて朽ちてしまいます。代わりに、ボランティアが機関車などを線路上で定期的に走行させて守っていくわけです。保守点検から安全な走行方法さらには駅の仕事や信号の技術までのノウハウが同時に伝承されます。それどころか、2008年には「トーネード」と、当時のチャールズ皇太子に命名された新しい蒸気機関車が建造されました。

風景も同じです。ピーター・ラビットの舞台であるニア・ソーリー村の景色を絵本と同じようにナショナル・トラストが守っています。そのために毎年畑や庭に種を植えて手入れを怠りません。生きたままの風景を維持するのが目的なのです。

こうした蒸気機関車や風景と同じように、古典も動態保存されないと、しだいに風化して錆（さび）つき荒廃し忘れ去られていきます。シェイクスピアが同時代の消え去った数多くの演劇と異なるのは、毎年のように上演され、さまざまな演出が工夫され、ときにはドラマや映画やアニメとなって、現在まで400年の間ずっと動態保存されてきたおかげでしょう。

◉本書の構成

全体を４部に分けました。

第１部は、自己主張や反論、言い訳、スピーチという実生活にも必要となる知恵を拝借しようというものです。失敗は成功のもとでもあります。シャイロックやキャリバンの失敗例や、フォルスタッフの幅広い言い訳がヒントになるでしょう。そして、ヘンリー五世やアントニーの演説から、スピーチが人心にどのように影響を与える力をもつのかがわかります。

第２部は、個人が悩むことを取り上げています。ハムレットのメランコリーが重症化したのは、二者択一にとらわれることからでした。そのため選択肢を回避することが大きな課題となってきます。また、『お気に召すまま』や『十二夜』のヒロインが男性の姿になる異性装というのは、自由恋愛と結婚の矛盾を解決する方法の一つを示唆しています。

第３部は、家庭が生み出す悩みのなかで、父親が娘の恋愛や結婚に口をはさみ、制限を加えることを扱います。『夏の夜の夢』や『ロミオとジュリエット』などの喜劇と悲劇からもらえるヒントは多いでしょう。また『ハムレット』や歴史劇などの王位の父親から息子（や娘）への継承をめぐる騒動は、家や財産の継承問題として今の日本にもつながります。

第４部は、組織のなかでの上下関係がもたらす軋轢（あつれき）を取り扱います。まずは、能力にもかかわらず差別をうけることについてオセロを中心に考えます。そして、キャシオの酒の上での失敗に始まり、マクベスと同僚だったはずなのに部下となり、しかも殺されたバンクォーの悲劇や、奴隷扱いをされる妖精たちの問題を取り上げます。そこから、今もシェイクスピアが人気を得ている理由がわかってくるでしょう。

※シェイクスピアからの引用はすべて既存の訳ではなく、新しく訳したものです。また、［1幕2場］と引用などの箇所をしめし、探し出すのに便利なようにつけました。行数を省略したのは、版本によって数字がずれる場合があるからです。気に入ったセリフがあれば、ぜひ場面全体を読んでみてください。本文はピーター・アレクサンダー版と新リバーサイド版、新オックスフォード版を、翻訳においては全訳が完了した松岡和子訳（ちくま文庫）を中心に、部分的に河合祥一郎訳（角川文庫）などを参照しました。

（★1）第二次世界大戦が開始された1939年に、ヴェラ・リンによる歌「ウィール・ミート・アゲイン（We'll Meet Again）」がヒットしました。しばしお別れだが、戦争が済んだら、晴れた日に再会する、という内容でした。1960年代にリバイバルヒットしたとき、スタンリー・キューブリック監督が核戦争の恐怖を描いた映画『博士の異常な愛情』(1964)のエンディングに利用しました。アメリカの核爆弾がソ連の基地に誤って落とされることに始まり、歌に合わせて、原水爆のキノコ雲の映像が次々と流れ、はたして人類が再会できるのか、という皮肉がこめられていました。このように、同じ歌でさえも別の意味合いをもたせることができるのです。

（★2）DVDでBBCから『Shakespeare Live!』として2016年に発売されました。触りだけをまとめたものがインターネット上に公開されています。

"To Be or Not to Be" Shakespeare Live! | From the Archives | Great Performances on PBS

https://www.youtube.com/watch?v=sw_zDsAeqrI

第1部

主張や言い訳が必要になったとき

第1章

「悪巧みでこの島をだまし取りやがったんだ」

〜自己主張をしたいとき〜

◉人前で反論する

最初から「私はこう思う」と自己主張だけをすると、「鼻持ちならない嫌なやつ」だとか「生意気だ」などと相手にされない恐れがあります。たとえ、どれほど立派な正論であっても、態度や顔つきや服装が気に入らない、などと文句をつける人はいるものです。

サン＝テグジュペリの『星の王子さま』(1943) にそんな例があがっています。王子が暮らしていた小惑星を地球で発見したトルコの天文学者が、トルコの服のまま学会で発表したところ、誰も存在を信じませんでした。ところがヨーロッパの服装に替えて発表すると認められ、小惑星 B-612 番として無事登録されるのです [第4章]。服装や外観がそのまま偏見や先入観と結びついています。

相手がこちらの主張に耳を傾けてくれない場合にはどうすればいいのでしょう。自分の意見が出しやすいのは、反論や反証の形をとることです。反論は一応相手のルールや流れに則(のっと)っているからです。会議や集会さらに公開ヒアリングの場となる裁判だと、多くの人に聞いてもらえます。うまくいけば、大勢を味方につけることができるかもしれません。

ただし、反論のときには、ふだんは隠している気持ちや思いが、一気に噴出するものです。正しいと信じる自己主張と、相手を論破したくて高まる感情とのバランスをとるのが、なかなか難しいのです。そうした危うい状況で自分の主張を展開したのが、『ヴェニスの商人』に登場するユダヤ人のシャイロックでした。

劇のなかで、シャイロックはヴェニスのゲットー（ユダヤ人居住地）に住んでいる「悪役」なのです。中心にいるのは、ヴェニスの大商人アントーニオで、若い友人バサーニオに求婚の資金の調達を頼まれますが、あいにく手元に現金がなく、そのため3000ダカットをシャイロックから借りたわけです。返済できない場合には、どこの肉でも1ポンドを差し出す、という証文を書きました。

主人公に災難が降りかかると、劇の展開はドラマティックになるので、いじめる悪役が必要となります。アントーニオはヴェニスの大商人で、海外との交易で財をなした人物です。彼の船は地中海のトリポリ、西インド諸島、メキシコ、イングランドと各国を訪れています。日本ならさしずめ大商社の創業者ですし、彼の名声にケチをつける人物はいません。シャイロックは上級市民に難題をふっかけた外国人という立場です。

悪役とされるシャイロックの側から見ると事情は別です。「高利貸し」と批難されます。アントーニオがキリスト教徒どうしでは利子はとらない、と言うように、互いに仲間に無利子で資金を融通しているのです［1幕3場］。そもそもゼロと比較するとすべて「高利」貸しなのです。

利子をとることは聖書だけでなく、トマス・アクィナスのような神学者によって批判され禁止されていました。ところが、たとえ貸しつけが無利子であっても、フィレンツェのメディチ家などの銀行家は、外国との送金に為替手形を巧みに利用することで、年利10パーセント以上の利益を得ることができたのです(★1)。当時も抜け道はいくつかあったのです。

利子そのものに関しても、イングランドでは、ヘンリー八世以降、合法化される流れになっていました。イギリス国教会のカトリックからの離脱も大きく作用したわけです。そして、シェイクスピア別人説もある当時の知識人フランシス・ベーコンも、「利子について」というエッセイで、一般向けの低利（5パーセント）と、限定された用途の高利（40パーセント）を設（もう）けて合法的にすることが商業を飛躍させる打開策になると述べています。

ましてや、キリスト教徒ではないユダヤ人は宗教的ルールに束縛される必要はないわけです。じつはユダヤ人も互いに無利子で資金を融通していたのですが、利益を得るために、異教徒（キリスト教徒）から利子をとるのは不都合ではありませんでした。しかも、アントーニオたちキリスト教徒は、困ったときに資金を用立てる役割をはたすはずなのに、ユダヤ人を罵（ののし）り差別し、犬のように扱いつばを吐きかけるのです。

そこで、シャイロックは迫害がひどくなった場合に備えて、海外へ逃亡できるように、家に宝石などの換金性の高い財産を蓄えていました。1492年には、スペインでユダヤ人が国外追放され、イングランドでも中世以来ユダヤ人を国外追放していました。シェイクスピアの当時に、イングランドに暮らすユダヤ人がゼロだったわけではないのですが、公然と生活してはいませんでした。ロンドンの街路を歩いても、ユダヤ人と出会う可能性はほとんどなかったわけで、空想上の存在なのです。
シャイロックは、有名なヴェニスのカーニバルの夜に、キリスト教徒と駆け落ちをした娘のジェシカに財産を持ち逃げされてしまいます。そして、亡き妻の指輪がサルと交換された話をユダヤ人の情報ネットワークを通じて知ります。財産も一人娘も奪われたのならば、残されたのは「復讐(リベンジ)」だけなのです。

◉復讐するユダヤ人

シャイロックは第4幕で消えてしまい、その後は登場しないので、扱いとしてはあくまでも脇役である「悪役」なのです。シャイロックは4幕で役目を終えて消えるのですが、ひょっとすると、イタリアと関係するローマ史劇で、3幕で亡くなり4幕で亡霊となって出現するシーザー（『ジュリアス・シーザー』）や、4幕で亡くなるアントニーの（『アントニーとクレオパトラ』）ように、舞台から消えても劇を支配する人物なのかもしれません。
19世紀の初頭に活躍した名優エドマンド・キーンがシャイロックに対して同情的に演じて以降、むしろ主役ではないのかと評価が転倒しました。シャイロックを悪役にしているのは誰なのか、と逆に問いかけることで、「シャイロックの悲劇」と解釈されるようになりました。
3幕1場で、シャイロックは、さまざまな差別を受けるのは「おれがユダヤ人だからだ（I am a Jew）」と結論づけます。規則に違反した行為ではなくて、存在そのものが「処罰」の理由となっているのです。そして、キリスト教徒たちとユダヤ人がどこが異なるのか、という有名なセリフを口にします。

> ユダヤ人には目がついていないとでも？　ユダヤ人には、手や、臓器や、骨格や、感覚、愛情や感情がないとでも？あんたらキリスト教徒と同じ食べ物を食べ、同じ武器で傷つき、同じ病にかかり、同じ手段で治療され、同じ冬と夏に、暖かさと寒さを感じるんじゃないかね。おれたちを針で突いたら、血を流さないかね。おれたちをくすぐったら、笑わないかね。おれたちに毒を盛ったら、死なないかね。そして、おれたちを蔑(ないがし)ろにしたら、復讐しないですむかね。おれたちとあんたらが、他がそっくりなら、これだって同じだ。もしユダヤ人がキリスト教徒を蔑ろにしたら、屈辱感をどうする？　復讐するだろう。キリスト教徒がユダヤ人を蔑ろにしたら、キリスト教徒の例からも忍耐力はどうなるか？もちろん、復讐だ。悪党のあんたらが、おれに教えてくれたんだ。最後までやるさ、大変だけど、教わった以上にやるつもりだ。

ここでは、修辞疑問文が連続して、最後に「復讐（revenge)」に結びつく強い調子でシャイロックは理不尽さを訴えています。しかも、シャイロックはアントーニオのことを「キリスト教徒だからやつが嫌いだ（I hate him for he is a Christian.)」と本音をもらします。互いの憎悪が合わせ鏡となって増幅されているのです。このときに理由を述べる「なので(for)」という語が鍵を握ります。

この語を使用すると、どんなことでも理由になるのです。『ジュリアス・シーザー』で詩人のシナが暴力を振るわれたのも、「詩がへたくそだから（for his bad verses)」でした［3幕3場］。正当化する屁理屈を生み出す力をもっていることがわかります。

シャイロックがバサーニオから提案された3000ダカットをアントーニオの保証で貸すことにあれこれと算段をしていると、アントーニオが直接交渉のためにやってきます［3幕1場］。シャイロックはアントーニオから受けた仕打ちを「あなたさまは、わたしを不信心者とか、人殺しの犬と呼び、ユダヤの服へとつばを吐きかけた」と述べます。そして「犬」が金を貸せるのか、と疑問を投げつけます。

それに対して、アントーニオは今後も行為は改めずに、シャイロックを犬と呼び、つばを吐きかけると言います。しかも友だちに貸すつもりではなくて、「敵に貸すつもりで貸せ」と言い放ち、そのほうが違約のときに罰金を取りやすいだろう、と言うのです。

そこで、シャイロックは気まぐれのような証文、つまり返済が不能になったら、アントーニオの「体のどこからでも、新鮮な白い肉（fair flesh）1ポンドをもらいうける」という内容の契約を結ぶことに成功します。この段階では切り取る箇所が心臓近くと定まっていたわけではありません。アントーニオは交易船が帰ってくれば3000ダカットの返済など簡単だと考えていたのですが、期限までに返済できないことが判明しました。そして、証文の実行をシャイロックはヴェニスの大公に求めたのです。

◉正論がつぶされるとき

返済期限の切れた証文の支払いを求める民事訴訟の裁判の場面で、大公（事実上の君主）は判決に困ってしまいます。観客もドラマティックな展開を期待しているわけです。そこに乗りこんできたのが、男装したポーシアとメリッサの法学博士とその助手です。

まず「慈悲を与えよ」と説得しますが、シャイロックは強制されたくないと拒否します。だいいちポーシアが神を持ち出しても、ユダヤ教とキリスト教では別の神で話はかみ合いません。それから3倍の9000ダカットを払うからとか、最後には自分の命どころか妻の命も差し出してもよい、などと口にする男たちが出てきます。

バサーニオは大金持ちのポーシアとの結婚を背景にして、金に余裕ができたのです。そもそも、遊び人のバサーニオの手元に求婚の資金がないので、用立てるためにアントーニオがシャイロックに借金をしたのが始まりですから、バサーニオの行動はどれも他人の金をあてにした話なのです。

ポーシアは「シャイロック、3倍のオファーだぞ」と和解案を申し出ます。ところが、シャイロックは「誓いました（oath)、誓ったんだ、天に誓っているのです。私の魂に偽証をさせろと？それは無理です、ヴェニス全部と引き換えでも（for Venice)」と正論を述べて固辞します。

続いてポーシアは、一方で「そう、この証文は期限切れだ。証文に従い、心臓近くのこの商人の肉1ポンドを切り取ってユダヤ人に与えるのは法に適(かな)うのだ」と公的に宣言しながら、シャイロックに対して「慈悲深くなってくれ、3倍の金を受け取り、私にこの証文を破らせてくれ」と懇願します。公的な宣言をしながら、私的な取り引きを持ちかけるのです。

これで形勢有利と判断したシャイロックは、さらに正論を述べます。

> 文面どおりに支払われたら、証文はお破りください。あなたは有能な裁判官のごようすだ。法律も知っておられ、説明もとても理に適っていた。どうやらこの国の屋台骨を担う立派なお方のようなので、法によりあなたに命じます。判決を下してください、と。魂にかけて誓いますが、人の言葉に私の心を変えるような力などありえません。この証文から私は一歩も外に出ませんよ。[4幕1場]

裁判官であるポーシアの顔を立て、ヴェニス社会の「屋台骨を担う」とまで称賛しました。しかも本来裁判官が使う「命じます(charge)」という表現まで使って実行を求めています。

ところが、証文の実行にこだわったせいで、シャイロックは破滅していきます。ポーシアの判決は、肉1ポンドの記載はあっても血の話がないというので、「一滴でも血を流せば」だめで、肉も「1ポンドきっかり」で少しでも重さがずれたら契約違反だ、と無理難題の条件をつけます。

気をつけるべきは、人体ひいては人間を表すのに英語では「肉と血(flesh and blood)」とセットになることです。ポーシアによる判断が、証文には「肉」はあるが「血」について触れていないので、血は契約に入っていない、というアクロバット的なものになった理由でしょう。とりわけ血の一滴の話はシャイロックを困惑させます。キリスト教徒であるヴェニス人とユダヤ人とを分けているのは「血筋」でした。キリスト教がユダヤ教のなかから生まれてきたように、近親憎悪が根強いのです。

中世以来の反ユダヤ主義には、「血の中傷(儀式殺人)」という考えがあり、ユダヤ人は、春の過ぎ越しの祭りのパンに、キリスト教徒の生き血を入れる、という根拠のない非難が加えられました。それがシャイロックに重ねられているのです。他人の血を啜(すす)るユダヤ人というイメージが、シャイロックを悪魔とみなす考えを支えているのです。

実際には、ユダヤ人は「創世記」などにあるように、料理において血抜きをした肉しか食べません。こうした厳格な決まりを「カシュルート（kashrut）」と呼んでいます。聖書にも書かれているユダヤ教の血に対する潔癖な態度を無視して、こうした噂(うわさ)がユダヤ人を迫害するために流されたのです。

ただし、シャイロックは逃げ出したジェシカに関して、「ジェシカはおれの血肉だ（flesh and blood）」と二度繰り返します［3幕1場］。血肉を分けた娘という意味ですが、生きている者に関しては分離をしないわけです。すかさず、サレーニオは、シャイロックの肉とジェシカの肉では安い宝石の「黒玉」と高価な白い「象牙」ほども価値が違うと口をはさみます。

証文に対するポーシアの解釈が有効だったのは、シャイロックに「肉と血」の分離が、ユダヤ教の掟(おきて)、ひいては料理に関するものであり、生きている者にはあてはまらないと気づかせた点でしょう。そして、まさに「血肉を分けた者＝ジェシカ」が、自らすすんでキリスト教徒になっていく、しかも自分も判決の結果強制的に改宗させられるのです。シャイロックがたとえ改宗キリスト教徒になったとしても、隠れユダヤ教徒として信仰を守るのは間違いないでしょう。

◉民事事件から刑事事件へ

3000 ダカットの借金の返済をめぐる民事訴訟だったはずの裁判が、いつの間にかヴェニス市民の命を脅かした刑事事件となり、その主犯としてシャイロックは処罰されるのです。改宗を強制され、財産も没収されます。アントーニオがしかるべき管理をした後に、最終的には浪費家の娘ジェシカとその夫へと渡ってしまうのです。

シャイロックの敗北から得るべき教訓とは、議論のなかでの正論も、行き過ぎると戻れなくなるということです。それに、妥協点を提示されたら、それを受け入れる心の余裕も大事でしょう。「復讐」という正義心がシャイロックの計算を狂わせたのです。もしもシャイロックが単なる計算高い高利貸しなら、3 倍の金額を提示されたときにあっさりと引き下がったかもしれません。そのあたりに、シャイロックの心のなかにしだいにユダヤ人の代表のようになっていく英雄的な感情の高ぶりがあります。

なによりもシャイロックがうかつだったのは、ヴェニスの市民として、法やルールに従っているつもりで安心していたのに、平気で解釈をねじまげる相手が登場したことです。「ヴェニス全部と引き換えでも」と言ったときに墓穴を掘ってしまったのかもしれません。「この証文から私は一歩も外に出ませんよ（I stay here on my bond）」と踏ん張ったのですが、そのこだわりがかえって自分を束縛してしまいます。

根拠となるはずの証文自体を無効にするポーシアの理屈を前にして、シャイロックは「それがヴェニスの法ですかい」と驚きのあまりに反論も忘れてしまいました。すぐに「でも、証文には血を流してはいけないとも書いていない」と反論すべきだったのです。裁判の争点を証文の空白の読解に持ちこむと、少なくとも延期になって、その間に冷静な判断ができたかもしれません。法廷戦術が間違っていたのでしょう。

さらに、今回はポーシアという女性が、男性の法学博士に変装して判決を下しました。後でシャイロックがその事実を知って、「女性が裁いた判決など無効ではないか」と宗教を超えた男性どうしの絆に訴えることもできたでしょう（現代では「ミソジニスト」と批判されるでしょうが）。

シャイロックは「人の言葉に（in the tongue of man）」と言いましたが、「男の言葉」と読み替えるのは当時としては受け入れやすかったはずです。旧約聖書の名裁判官ダニエルも、全人類を裁くイエス・キリストも男性ですし、ヴェニスの法廷を男装で欺いたのですから、もう一度男性裁判官で裁判をやり直してほしいと主張できたのかもしれません。

重要なのは、ポーシアが証文を解決したのではなくて、証文を無効にしたことです。集団や組織で暮らすと、こうした「鶴の一声」とか「ちゃぶ台返し」は珍しくありません。すべてがムダになったような徒労感も残ります。正論を述べるときにはやはりリスクが伴うものです。

ただし、後世に名前を残したのは、訴えたシャイロックと、名判決を下したポーシアという二人の「外国人」なのです。『ヴェニスの商人』を観ても、主人公であるはずのアントーニオの名前を記憶している人は、劇の愛好家以外にあまりいません。たとえ敗北しても名前を取るか、それとも屈辱を感じながら実利を取るか、という選択も、この劇が観客に迫っていることかもしれません。

◉土地の所有権を主張する

シャイロックはアントーニオの心臓近くの肉１ポンドの所有権を主張しました。さすがにこれは現在でも認められにくい契約でしょう。

今は医療技術が発達して生体の移植技術も進んでいますから、「一滴の血も流さずに」というポーシアの制限がなければ、他人の腎臓や肝臓といった臓器の一部やひょっとすると手足の一部であれば、証文も実行されたかもしれません。ホルマリン漬けになったアントーニオの身体の一部を、シャイロックが戦利品として眺めて暮らすというのは現代的ホラーの一場面となるでしょう。この発想のおぞましさは、他人の肉を切り取って、所有する点にあります。

ところが、肉の一部ではなくて、生きた人間のまるごとの身体を売買可能な財産とみなせるのか、という点ならば話は別です。人身売買や所有権の移行は、奴隷や人質や捕虜といった形で古代からおこなわれてきました。

ヴェニスを舞台にしたもう一つの芝居である『オセロ』では、傭兵（ようへい）の将軍であるオセロが、敵に捕らわれた自分の体験をブラバンショーとデズデモーナの父娘に話します。オセロは「奴隷に売られて、それから救出された（sold to slavery, of my redemption thence)」のです。金銭で救出されたのでしょうが、一種の人身売買です。オセロの辛（つら）い過去がデズデモーナの心を揺さぶり、同情から恋愛感情へと進んだのでした。

また、『ヴェニスの商人』で奴隷は登場人物として出てきませんが、ヴェニス共和国は社会生活を維持するのに、奴隷を前提としていました。シャイロックは購入した奴隷ならば、ロバや犬やラバのように扱うだろうと言います。だから、証文で手に入れたアントーニオの肉は、ヴェニスの人間が「奴隷は自分たちのものだ」と言うのと同じだと主張します［4幕1場］。

さすがに、この主張は現代では通用しませんが、劇中のヴェニス共和国ひいては当時のイングランドの観客の価値観を、今と同じと考えるわけにはいかないようです。大英帝国内での奴隷売買が禁止され、奴隷制度が廃止されたのは、19世紀のことでした。

それならば、人身売買はダメでも「土地」ならばどうでしょうか。人間よりは自由に売買できますが、ヴェニスのキリスト教徒の市民なら可能ということです。シャイロックたちユダヤ人は、ゲットーという居住地に閉じこめられ、そこを離れるときも、ユダヤ人である印を身に付けていなければなりませんでした。今のパレスチナ人がイスラエルのガザ地区で壁に囲まれて暮らしているようなものです。自由な定住地を所有したいという争いが、世界各地の紛争のもとになってきました。

『リア王』が三人の娘の間での王国という遺産分割の騒動であるように、土地の所有とその継承は、昔から紛争の種です。英語での「不動産（real estate)」の「リアル」は中世から使われた「物(res)」というラテン語に由来し、対となるのは「パーソナル・プロパティ」となっています。

どうやら、動かせない「物」として土地や建物が考えられていて、それに対して家具や財産は持ち運びできるので、パーソナルというわけです。しかも、父祖伝来の土地に歴史が積もっていると感じられるので、ますます土地に執着するわけです。シェイクスピアも、晩年を過ごすために故郷のストラットフォードに住まいを手に入れました。ロンドンでは住居をめぐる裁判にも巻きこまれています。住まいの確保は社会生活の基本となります。

『テンペスト（あらし）』に登場するキャリバンは、島の所有権を主張します。この島には名前がないので、現在の支配者の名をとり「プロスペロの島」と呼ばれたりします。プロスペロは前のミラノの大公で、弟に地位を奪われて、娘のミランダを連れて海外へと逃れました。ハムレットの父が弟に殺害されたのも王位簒奪（おういさんだつ）が原因でした。

学者肌のプロスペロは、どこかジェイムズ一世も連想させます。地中海でプロスペロたちがたどりついたのが、いわゆるプロスペロの島なのですが、「無人島」という認識はあくまでもミラノやナポリのイタリア人にとってでした。無人と言えないのは、すでにキャリバンという先住民がいたためです。

◉キャリバンの危うさ

プロスペロは、キャリバンから島に関する水飲み場や手に入る木の実など必要な情報を入手できると、その後は魔術を使って支配し、水くみや薪（たきぎ）を集めるなどの労働に従事させます。自分が島の王と考えていたキャリバンは一転して奴隷となります。キャリバンは島内唯一の女性であるミランダに襲いかかったせいで、岩屋の外に追い出されます。

プロスペロの魔術で島に引き寄せられ、難破した船に乗っていたのは、プロスペロの仇敵で今のミラノ大公となった弟と、その王位簒奪を支援したナポリ王でした。彼らはナポリ王の娘とカルタゴ王との結婚式の帰りなのでした。彼らへの「復讐」をプロスペロは考えていたのです。同じように、キャリバンは反撃のチャンスをうかがっていました。

そして、キャリバンは、難破船となった船に乗り合わせていた道化のトリンキュローと酔っ払いのステファーノという二人連れと出会います。キャリバンは彼らにプロスペロを打倒する力があると錯覚します。そして、島の王になれることを餌（えさ）にして、プロスペロへの攻撃を誘うのです。

> 前にも言ったけど、おれは魔術師である暴君に仕えているが、そいつは悪巧みでこの島をおれからだまし取りやがったんだ。[3幕2場]

さらに酔っ払いのステファーノが図に乗って大きなことを口にしたので、キャリバンは行動するように煽（あお）ります。二人のうちでリーダーはステファーノなので、島の王にふさわしいと褒（ほ）めるのです。

> やつは魔術でおれからこの島を奪ったんだ。この島をおれから奪いやがった。もしも偉大なあなたさまが、彼に復讐をして取り戻してくれたら、——だって、あんたはできそうだけど、こっちのやつは無理だろう。[3幕2場]

比較して煽（おだ）てるのが、キャリバンの作戦でした。戦利品として、プロスペロの娘のミランダがいることを教えます。酒に酔った勢いもあって、この情報もステファーノを奮（ふる）い立たせるのに十分でした。キャリバンは、プロスペロとまともに戦っても勝ち目がないとわかっているので、出会ったよそ者を「ご主人さま（master）」

と呼んで自分の復讐を代理でおこなわせます。シャイロックが「復讐」を自分で遂げようとしたのに対して、この点がやり方として弱かったのかもしれません。

姿を隠せる妖精のエアリエルは、プロスペロの手先となって、スパイのようにキャリバンの動向を見張っていました。『夏の夜の夢』の妖精のパックもアテネの市民である恋人たちの会話を立ち聞きをするので働きは似ています。こうしてプロスペロは自分の岩屋にいながら、島中を監視できたわけです。しかも、プロスペロは必要に応じて、「時」を止めることさえできるのです。

プロスペロはキャリバンがたくらむ一種のクーデターの筋書きを知ります。そこで、ステファーノたちが気に入りそうな服をぶら下げて混乱させ、さらに犬をけしかけて追い払うのです。クーデターの失敗でプロスペロに再従属することをキャリバンは誓います。プロスペロは魔術の杖も本も捨てると宣言しますが、ミラノの宮廷ではプロスペロの仲間たちがたくさんいて、キャリバン一人で対抗できるはずもありません。

キャリバンの行動から見えるのは、正当な主張であっても訴える相手を間違えてはいけないということでしょう。それに、何か転覆させるときには、仲間を選び、酒の上での約束は過信してはいけないのでしょう。壁に耳ありで、重要な情報が流出していて、相手に手の内が読み取られていたこともよくあるのです。

◉夢を見るキャリバン

結局キャリバンは正論を貫いて、島の所有権を奪還はできませんでした。プロスペロたち宮廷人の現実政治や、魔術を駆使する相手との戦いでは敗北してしまいます。その代わり、キャリバンの武器ともいえるのが、詩的イマジネーションを駆使することです。キャリバンには「キャ、キャリバン」とうたう歌や詩的なセリフが慰(なぐさ)めとなってくれます。こうしたキャリバンの見かけとのギャップが「高貴なる野蛮人」の一種として注目されてきました。

トリンキュローやステファーノが、エアリエルの立てる声や物音におびえると、キャリバンはこう述べます。

> 心配しなくてもいいよ。この島は、ざわめきや物音やすてきな曲でいっぱいで、喜びを与えてくれるが、傷つけはしない。ときには、千もの楽器の弦の音が、おれの耳で響くのさ。長い眠りについた後で目を覚ますと、また眠りへと誘う声がするときもある。そして、夢のなかで、雲の隙間が開き、宝物がおれのところに落ちてきそうになる。そして目を覚まして、また夢を見たいとおれは泣くんだ。[3幕2場]

音楽に満ちた世界としてこの世をとらえることができるのです。そしてキャリバンが夢のなかで手に入りそうな「宝物(riches)」こそ永遠に手に入れられない島の生活なのかもしれません。しかし、反省して従順を誓うキャリバンは、プロスペロといっしょにミラノへと向うことになります。その後には無人の島が残るのですが、よく考えると本来の先住民たちの世界へ戻ったのです。

プロスペロからするとキャリバンは征服し支配すべき先住民でした。「新世界」という言葉が出てきますし、キャリバン(Caliban)

が、カリブ（Caribbean）あるいはカリベ（Caribe）とつながるという意見もあります。キャリバンが南米パタゴニアの神であるセテボスを口にするので、アメリカ大陸とのつながりが示唆されています。むしろ、新大陸のいろいろな情報が地中海の島に流れ着いてきたようなものです。

キャリバンの母親である魔女シコラックスは、北アフリカのアルジェリア出身です。キャリバンは、彼女と船乗りの間に生まれた子どもなのでアフリカ起源なのです。アフリカからアメリカへの移民の息子と捉えることもできます。その点では、島に先に母親と到着していたキャリバンが島の所有権を主張するのも不思議ではありません。

けれども、よく考えると、シコラックスとキャリバンが到着する以前から存在するエアリエルや仲間の妖精たちこそが、この島のもともとの先住民でした。エアリエルは魔女のシコラックスにいじめられ、木の股（また）に閉じこめられていたところをプロスペロに解放されます。ところが、その代償は魔術師プロスペロの命令に従うという新たな苦役でした。

エアリエルからすると魔女から魔術師に支配者が交代しただけです。そして、キャリバンの監視などさまざまな用事を言いつけられます。最後には解放奴隷のように、エアリエルが求めた「自由」の願いは聞き入られますが、それは島の外の生活に不要になったからにすぎません。プロスペロと口頭で契約が結べたということは、エアリエルがこの島の支配者か少なくとも住民だという証（あか）しでしょう。

この劇ではどうやらエアリエルやキャリバンあるいは道化のトリンキュローたちといった下の立場の者が歌をうたい詩的なイ

メージを語るのです。エアリエルは「5尋(ひろ)の底におまえの父は眠る（Full fathom five thy father lies）」とうたうのです。プロスペロは歌をうたいません。詩歌が下の身分の者たちにとっての慰めや呪いの働きをしているのです。

プロスペロにつれてこられたキャリバンは、偏見や好奇の目にさらされ、ヴェニスのシャイロックよりも辛(つら)い人生が待っているのかもしれません。ですが、ひょっとすると風変わりな宮廷詩人として、あるいは道化一座の人気者として活躍するかもしれません。島の所有権をめぐる正論では敗北しても、異なる人生の可能性があるともいえるのです。

放棄された島がどのような運命をたどるのかは未知です。この島に「ユートピア」を作ろうと夢見るプロスペロの旧臣も出てきます。そうした人たちによる植民地建設や、土地の争奪戦に巻きこまれるかもしれません。プロスペロの島が再発見されても、島そのものには、資源としての価値はあまりなさそうです。

ただし、地中海にあってイタリアと北アフリカの中間に位置するのなら、地政学的な価値は計り知れないのです。海図に記載され、キャリバンか、その子孫が島の所有権を主張しても、結局はミラノ公国の所有物とみなされ、船舶の寄港地となり、『オセロ』のキプロス島のように軍港として利用されるのかもしれません。実際、マルタ島、キプロス島など「文明の十字路」と呼ばれる島の運命は、海上の覇権を求める政治的な力に翻弄(ほんろう)されてきたのです。

しかも、島にも栄枯盛衰(えいこせいすい)があります。地中海のデロス島は、かつてペルシア帝国と戦ったエーゲ海の都市国家によるデロス同盟の中心地でした。ところが、今は無人で、島中に遺跡だけが残っていて、世界文化遺産に指定されています。その意味で、キャリバンの望む平和の島はあくまでも「夢の中」にしかないということなのです。

（★1）ティム・パークス『メディチ・マネー ―― ルネサンス芸術を生んだ金融ビジネス』北代美和子訳（白水社、2007年）第2章「交換の技法」参照。エドワード一世が1290年にユダヤ人を追放して以来、代わりにイタリアからロンバルディアの商人がやってきて、金融を担当していました。現在ロンバード・ストリートとして名前が残っています。メディチ家はロンドンに支店こそなかったのですが、別の銀行が「コルレス先（corespondent）」となって為替手形の決済をしてくれたのです。

第2章

「あの無垢(むく)だったアダムだって堕落(だらく)したんだぞ」

〜言い訳が必要になったとき〜

◉言い訳のデパート

正しい反論や意見を述べるのだけが、必要な技ではありません。人間関係において、ときには言い訳も大切です。相手から正論を投げつけられ、返答に困ったりもします。きちんと反論できるのならば構いませんが、思いつかずに何も言えないが、沈黙しているとかえって気まずくなる場合もあります。そうした絶体絶命の状況のために、言い訳の予備をいくつか習得しておくのも意味があります。言い訳をした結果が吉と出るか、凶と出るのかまではわかりませんが、少なくとも人生の新しい局面を開くのは確かです。

シェイクスピア劇には、言い訳や弁解を口にするキャラクターが数多く姿を見せますが、なかでも「言い訳のデパート」と呼びたくなる人物がいます。それがサー・ジョン（愛称ジャック）・フォルスタッフです。肥満ぎみの巨体をもち、年齢も 60 歳（three score）を超え、酒にも肉にも、どうやら女性にも目がないのに、無駄金はまったく払いたくない、というタイプの人物です。

一応「サー」がつく勲爵士という身分なので、下の階級の者には権威をちらつかせ、脅します。イーストチープに実在した「ボアズ・ヘッド（猪頭亭）」という旅籠(イン)を根城にして、泥棒や娼婦などと交わっています。金儲けの臭いがする話には必ず首を突っこみ、宿や飲み代の催促には未払いを通します。

フォルスタッフは、「争いごとに向かうときは最後尾でも、宴会に向かうのは先頭を切る（To the latter end of a fray and the beginning of a feast)」という快楽優先のサバイバル的な生き方を人生の指針としています。このモットーを「戦争よりも宴会だ」と解すると、平和を維持するために見習うべき態度なのかもしれません。

こうした羽目を外した生き方は、当時も人気を得たのでしょう。ふつうのキャラクターとは異なり、登場したのは一作限りではありませんでした。王家を中心とする歴史劇の『ヘンリー四世』二部作では脇役ですが、別の現代劇『ウィンザーの陽気な女房たち』では主役となったのです。いわゆるスピンオフ作品が作られたわけで、第1章で扱ったシャイロックやキャリバンが主人公になったようなものです。しかも、パロディを作るのが他の劇作家ではなくて、シェイクスピア本人というところに、芸の幅広さを感じさせます。

歴史劇である『ヘンリー四世』二部作は、『リチャード二世』から始まり、『ヘンリー五世』で終わる四部作の中間にあたります。タイトルこそ『ヘンリー四世』ですが、のちに名君とされたヘンリー五世となるハル王子の成長物語です[★1]。そして、フォルスタッフはハル王子の悪い仲間として、権威に寄生して金稼ぎをするのですが、最後に追放されてしまいます。しかも、登場したときからすでに追放が予告されているのです。

この歴史劇の舞台となったのは15世紀から16世紀です。日本では室町時代にあたり、足利義満が金閣寺を建立し、日明貿易をおこなったころの話です。シェイクスピアの時代からでも200年前のできごとで、当然作者も観客も直接知るはずもなく、各種の年代記を種本にして劇に仕立てています。1588年にイギリスがスペインの無敵艦隊との戦いに勝利し、自国の歴史を見直す機運もあり、一時期歴史劇が流行したのです[★2]。しかも、四部作はどの作品にも戦争場面を含んで、連続活劇になっているのです。こうした世間の流行にあわせて書くのも、座付作者に求められた能力でした。

フォルスタッフは『ヘンリー五世』では、キャラクターとして登場しませんが、死亡が告げられます。ところが、まったく別筋の『ウィンザーの陽気な女房たち』に出てきます。主人公としてなのですが、14世紀の人物のはずなのに、描かれている風俗は明らかに「現代」です。死亡したフォルスタッフが、シェイクスピアの時代に転生した話にもとれます。

現代の日本で考えると、「タイムトラベル」ものとか「異世界転生」ものに当たります。こうしたジャンルは、ふつう別世界で成功することが多いのですが、「現代」でも、やはりフォルスタッフは失敗続きです。「恋の達人」とうぬぼれるフォルスタッフは、二人の人妻に言い寄るのですが、よりにもよって同じ文面の手紙を書いて送る節約がばれてしまいます。誤ったメール送信が招く悲喜劇がありえる今こそリアルに感じられるかもしれません。フォルスタッフに言い訳が必要な理由は明確ですので、これは本章の後半で扱います。

◉言い訳は笑いを忘れずに

では、言い訳のデパートであるフォルスタッフの名言、いや迷言の数々を見ていきましょう。

フォルスタッフに訪れた最初の大きな試練は、『ヘンリー四世・第１部』のギャッズヒルでの巡礼者が運ぶ国への奉納品と旅人の財布を略奪する事件です。しかも、略奪をするフォルスタッフの醜態を見て笑おうとしてハル王子と仲間のポインズが策を練ります。

王子はフォルスタッフの逃走用の馬を隠してしまい、さらに援軍となるはずが、途中で腹心のポインズとともに姿を消します。仕方なくフォルスタッフと手下のバードルフたち三人が旅人に襲いかかり金を奪ったのですが、今度は変装したハル王子とポインズが彼らを襲って横取りしました。臆病（おくびょう）なフォルスタッフたちは、金を置いて逃げてしまいます。

観客はそうした事情を飲みこんでいるので、旅籠で待ち構えるハル王子のところへ手ぶらで帰ってきたフォルスタッフが、どんな言い訳をするのかを楽しみにしています。フォルスタッフは酒を注文して飲みながら、ハル王子たちを逃げて手伝わなかった「臆病者」だとあてつけます。

自分たちは 1000 人を相手にしたなどという武勇談を語ります。誇張と空想が入り混じるでっちあげ話なのです。しかも、相手の数が二人、四人、七人と増えていき、話の矛盾を突かれて、だんだんとボロが出ます。戦ってもいない戦場の手柄を語る「ホラ吹き兵士」という伝統があり、逃（のが）した魚の大きさを誇る釣り師のようにしだいに話が拡大するのです。

さらに、フォルスタッフを、「嘘をついているなら自分はユダヤ人だ」などと口走ります。話はすべて嘘だったのですから、フォルスタッフはユダヤ人となりますが、もちろん勢いで口走ったので、誰も責任をとりません。こういう失言も、舞台の上での言葉が、端から空中に消えていく演劇というメディアだからこそおもしろみがあるのです。SNSのように文字で残っていると、フォルスタッフの発言は炎上しかねません。

フォルスタッフたちの弁明を聞いていたハル王子は、とうとう自分たちが現場を目撃し、横取りして金を手に入れたのは、自分とポインズだったと真相をばらします。フォルスタッフの嘘を裏づけるために、バードルフたちは剣の刃先を傷つけ、鼻血を服にこすりつけて返り血にみせたという証言まで手に入れます。

ハル王子はフォルスタッフを「この明白であからさまな恥ずべきことからお前の身を隠すために、どんなトリックや発明や逃げ道を見つけ出せるんだ」と挑発します。ポインズまでもが「さあ、ジャック、聞かせてくれ。どんなトリックをもっているんだい？」と悪乗りします。もう絶体絶命です。

そこでフォルスタッフが口にしたのが、「本能（instinct）」を持ち出した言い訳であり、反論なのです。

> 誓ってもいいが、おれはお前さんだってことを、お前の作り手（＝神さま）同様にわかっていたんだ。なあ、聞いてくれや、皆の衆。おれがお世継ぎを殺せるかい？　本物の王子を手に掛けるべきかい？　なあ、知ってのとおり、おれはヘラクレスのように勇敢さ。だが、本能が警告してくれた。ライオンは本物の王子には恐れ多くて触れないもんだ。本能とは偉大なもの。あのときは本能のせいで臆病になったんだ。これからは生涯にわたり、おれとお前さんのことを褒(ほ)めそやすのさ。おれは勇敢なライオンで、お前は本物

の王子だとな。それにしても、あんたら、金を手に入れてくれて嬉しいぞ。［『ヘンリー四世・第1部』2幕4場］

臣下だからこそ王子を傷つけることができない、という建前を述べるのです。そして、百獣の王のライオンですら恐れる、と子どもだましの理屈さえ持ち出します。しかもセリフの途中で形勢有利と判断したので、今度は上から目線となり、本来は小僧などに使う「あんたら（lads）」と呼びかけます。君主を恐れる本能などたちまち消えてしまい、親密な泥棒仲間に早変わりするのです。この言い訳には、ハル王子も苦笑せざるを得ません。

フォルスタッフにはまさに本能的な言い訳のうまさがありますが、その際に笑いを伴うのです。笑えない言い訳は墓穴を掘るだけです。たとえどんなにバカバカしくても、その場を和（なご）ませることで、緊張を破り、考え直す契機をつかむのです。法廷ではないので、正論が事態を打開するとは限りません。その後、州長官が旅籠（はたご）のなかへと捜査にやってきますが、フォルスタッフは不在だとハル王子は匿（かくま）います。彼らが奪った300マルクは、ハル王子が利息をつけて返却することにしたので、一文もフォルスタッフには入ってきませんでした。

◉催促をうまくあしらう

フォルスタッフに襲いかかるのが慢性的な金欠病でした。食い逃げや料金の踏み倒しは昔から犯罪ですが、商売をする側にも、ツケを許すのにはそれなりの理由があります。貸す側も相手の返済能力を値踏みしているわけです。地位や身分あるいは財産といった担保があってこそ成立するわけです。それでも我慢の限度があります。

フォルスタッフの金銭状況は、定宿にしているイーストチープの旅籠の女将(おかみ)クイックリーが書いたと思われる代金の書きつけでわかります。そっとポケットから盗み読みをしたハル王子は、彼が鶏肉よりもシェリー酒を大量に飲んでいることなどに呆(あき)れます。さらにクイックリーは、1ダースのリネンの服をあつらえた代金と飲食代を含めて24ポンドを払ってくれと請求します［第1部・3幕3場］。ところが、フォルスタッフは寝ているなかでポケットを探られ、財布や指輪が盗まれたという女将に訴える騒動を起こし、だから支払いもできないという理屈を展開します。

ハル王子が登場して、指輪は安物で、財布も空っぽだったと明かします。しかもポケットを探ったのが自分だと告げるのです。ハル王子に恥しらずと罵(ののし)られると、フォルスタッフは自分が堕落していることを正当化する言い訳を口にします。

> ハル、お前は聞いたことがないのかい？　あの無垢(むく)だったアダムだって堕落したのを知ってるだろう。哀れなジャック・フォルスタッフさまが、悪徳まみれのこの時代に堕落しないとでも？　見てわかるように、他のやつよりは肉が余計についている、それゆえ誘惑されやすいのさ。じゃあおれのポケットをさぐったのはお前なんだな。［第1部・3幕3場］

これもうまい言い訳で、相手の主張をまず一度は肯定しています。その上で話を拡大し、なおかつ堕落しているのは自分だけではないと主張するのです。他人もやっているから悪いのは自分だけでない、というのは、試験のカンニングや交通違反が発覚したときに多くの人が述べる理屈です。残念ながら、全員処罰されるというのが世の常で、あまり有効でありません。

ただし、フォルスタッフの言い訳は規模も雄大で、聖書のアダムを引き合いに出します。人類の祖であるアダムも堕落して「原罪」を犯したのだし、しかも時代も悪いのだからと、責任を周りに押しつけます。まさに「悪魔も目的にあわせて聖書を引用する」好例なのです。宿の誰かが財布を盗んだという疑いは晴れますが、支払いの件についての回答はなしです。

こうして長年ごまかされてきた女将のクイックリーですが、いよいよ怒ってしまいフォルスタッフを訴える場面が、『ヘンリー四世・第2部』に出てきます。今度は直接本人に文句を言うのではなくて、告訴をし、役人のファングに逮捕してもらうのです。さらに現場には高等法院長まで登場します。高等法院長は、ギャッズヒルの現金略奪の件でフォルスタッフを法廷に召喚していたのですが、シュルーズベリーの戦いがあるから、と逃れたことを恨んでいます。やはり高等法院長といえども、ハル王子の仲間には手を出しにくいのです。

ところが、高等法院長は、フォルスタッフが女将の金と体を食い物にしたという訴えを聞いて、チャンスだと飛びつきます。借りた金を返済し、体の件は償えと命令します。それに対して、フォルスタッフはこう反撃します。

> 閣下、私としては返答せずに、この非難をやりすごしたくありませんな。名誉ある豪胆な言い方を下品でずうずうしい言葉とお呼びになる。もしも、ある男が恭(うやうや)しくお辞儀を

して沈黙を守れば、徳ある者とされるわけです。いや、閣下、あなたへの畏敬(いけい)の念を私は忘れませんが、あなたを訴えたくなどない。一言申し上げると、この役人たちを遠ざけてもらいたいのです。なにせ王の国事に急いで従事しなくてはならんのですからな。［第2部・2幕1場］

高等法院長という法律の専門家が相手なので、精一杯難しげな言葉を並べています。これも言い訳の手法のひとつでしょう。そして、必要なら訴えるぞ、という構えを見せながら、フォルスタッフは、王子といっしょに王の進軍に参加する、という大義名分を持ち出して逃げるのです。内乱を鎮圧する国家の一大事に比べて小さな訴訟など相手にできないという態度をとります。小さな火事を大きな火事で隠すわけです。

高等法院長が立ち去ったので、今度は女将と直接交渉をし、全額返済すると口約束をしながら、さらに10ポンドを借りることを懇願します。借金を返すどころか、「レディになる」という淡い期待をちらつかせ、女将の店にある絵や道具を借金のかたに入れて、さらに訴えを取り下げるように威圧します。フォルスタッフもがめついのですが、「未亡人」である女将も、結婚の期待をもつからこそ、借金に耐えてきたのです。どちらも欲得ずくの行動なので、結局は訴訟の件はうやむやになってしまいます。相手の欲望や願望につけこむというのも、有効な手段となるのでしょう。

◉手柄を得るには臆病を恐れるな

フォルスタッフは、肥満体のシルエットのせいで、ギャッズヒルの強盗の首謀者として目をつけられているのにもかかわらず、高等法院長からうまく逃れたのには理由が二つあります。一つにはハル王子という世継ぎとの癒着があります。もう一つは、シュルーズベリーの戦いで、敵将のホットスパーを討ち取ったという戦功をあげたおかげです。これはハル王子の手柄を横領したのです。ですが、臆病者であるからこそ、この名誉を手に入れたと思えるのです。

シュルーズベリーの戦いでは隊長として参加します。戦場で名誉の死を遂げることをハル王子に促されますが、名誉なんて言葉は空気にすぎないとうそぶきます。フォルスタッフの部隊で150名いた部下も生き残ったのは三人というありさまです。生き延びたのも、勇敢だからではなくて、積極的に戦いをしなかったせいなのです。

しかも、ハル王子が、自分と同じ名前をもつ若者でライバルとなるヘンリー・パーシー、通称ホットスパー（血気盛ん）と一騎打ちをしているところに出くわします。遠目に見ていると、フォルスタッフはダグラスという騎士に襲われると、倒れて死んだふりをします。その傍らにホットスパーが倒されるのです。ハル王子は両者を見て、てっきりフォルスタッフも亡くなったと思って、立ち去ります。

するとフォルスタッフはおもむろに立ち上がり、死体となったホットスパーに自分の剣で新しい傷をつけて、それを担いで自分の手柄にしようとします。ハル王子は弟のジョンを連れて死体を見せようとすると、ホットスパーの死体を運ぶフォルスタッフと出くわすのです。ハル王子は「おれがパーシーを殺したし、おまえが死んでいるのを見たんだ」と言います。するとフォルスタッフはすかさず反撃します。

> お前が殺したあ？　主よ、主よ、この世にはなんと嘘がはびこるものでしょうか。おれは地上に倒れて息も絶えかけていた、ホットスパーもそうさ。だが、おれたち二人は、たちまち立ち上がり、シュルーズベリーの時計で計っても長い間戦った。信じるなら、そのとおりさ。信じられないというなら、剛勇という恩賞をもらうべき者に罪をかぶせることになる。嘘だったのなら死んでもいいが、おれがこいつの太ももに傷をつけたんだぞ。もしもこいつが生きていて、否認しやがったら、ええっくそ、こいつに剣を食らわしてやるさ。［第1部・5幕4場］

まさに白を黒といいくるめる手腕が発揮されます。新しい傷をつけたところだけは本当ですが、もちろん戦闘ではなくて、死んだ後でつけたわけです。死体相手だからこそ、剣を食らわすと見栄を張ることができたのです。兄のハル王子から聞かされた話とはまるで異なるので、弟王子のジョンもあきれて、「今まで聞いたなかでいちばん奇妙な話だ」と言います。ハル王子も「いちばん奇妙なやつだから」と言って、手柄の横取りを認めるのです。

臆病で死んだふりをした者が名誉を手に入れたわけです。その意味では臆病なほうが、現世的な利益を手に入れる近道となります。とんでもないことに見えますが、ギャッズヒルでフォルスタッフが強盗した金をハル王子が横領したことへのフォルスタッフからの反撃です。演劇は現実の歴史を写し取っているわけではありません。こうした反復や繰り返しを通して、四部作に流れる大きな主題である、王冠をめぐる横領や簒奪（さんだつ）とのつながりを連想させるのです。

内乱の原因はそもそもヘンリー四世がリチャード二世から無理やり王位を簒奪したことでした。その際にハル王子の父親（ヘンリー四世）たちは強引な理屈を持ち出していました。それに対して、フォルスタッフの場合も、言い訳が通って、ホットスパーを自力で倒した戦功を得ます。こうなると「名誉は空気みたいなもんだ」とうそぶいていたフォルスタッフの思うツボです。口先だけで、敵将を倒した名誉を手に入れたわけですから。

ところが、第 2 部の戦場では、そうした名誉を手に入れるチャンスはありませんでした。その代わり、「戦場に出かけるのは最後尾」というモットーのまま、戦場にはすぐには出かけずに、新兵募集のために訪れたグロスターシャーの村で、大学の同窓生のシャロー治安判事と出会い、出世の「空手形」を約束して 1000 ポンドの借金をすることに成功します（もちろん、返済するつもりなどありません）。さらに、兵役を逃れたい人物から金を受け取って免除します。中抜きをして、戦闘に役に立たない人材を前線に送りこんだわけです。戦争の行方（ゆくえ）がどうなるのか、などフォルスタッフには関心がなかったのです。

◉絶体絶命の場合には

『ヘンリー四世』二部作で散々言い訳やごまかしをやってきたフォルスタッフですが、もうひとつの『ウィンザーの陽気な女房たち』は、戦争ではなくて、恋をめぐるドタバタ劇になっています。歴史劇のような王位継承や戦争といった話題がないぶんシンプルで、のちに作曲家のヴェルディが『フォルスタッフ』（1893）

というオペラに仕立てたほど人気のある喜劇です。

現代にやってきたフォルスタッフは、ウィンザー、つまり今の王宮がある一帯の森（Park）を舞台にガーター亭にたむろしています。相変わらずの金欠病ですが、ペイジ夫人マーガレットと、フォード夫人アリスとの同時攻略を考えます。もちろん、あわよくば恋も金も手に入れようという計画なわけです。

ところが、早々に二人に送った恋文が同じ文面だということがバレてしまいます。まさにコピペだったわけです。そのため、フォルスタッフは二人の女性から復讐されます。一度は亭主がやってきて隠れる場所がなくなり、洗濯カゴに汚れ物といっしょに、テムズ川に落とされるのです。次には、逃げ出すために老女に変装して逃走しなくてはなりませんでした。

そして最後には、森のなかで二人と密会するという「両手に花」の妄想にかられたフォルスタッフは、指示どおりに頭に角のかぶり物をして登場します。ところが、子どもたちが扮（ふん）した妖精にいじめられ、散々な目にあいます。この混乱のなかで、嫉妬深い夫のフォードは妻との仲を取り戻し、ペイジ夫妻の娘アンは意にそまぬ結婚を避けて、フェントンという紳士と無事ゴールインします。

真相がすっかりと明るみに出たあとで、フォードが「あなたがきちんとした英語で妻を求婚するまでは、二度と妻にあらぬ疑いはかけません」と言うと、フォルスタッフはこんなぼやきともつかない言い訳をします。

おれの脳みそも太陽にさらされて、干からびてしまったみたいだな、こんなことに手ひどく打ち負かされるのを避け

られなかったとはなあ。ウェールズのヤギに引き回されたのか。［5幕5場］

相手をだますことに長けていたはずのフォルスタッフが、自己卑下をしているのです。ここでの「ウェールズのヤギ」とは、ウェールズ人の牧師のエヴァンズのことで、すっかり彼にもだまされたということです。表面の訛りから相手を見下していたら、妖精を登場させる演出というだましの背後にいた中心人物だったわけです。

どうやらフォルスタッフの200年前の知恵ではとうていおぼつかない状況になったのです。200年後に転生すると、シャローとかクイックリーは性格も異なり、まったくの別人となっています。また『夏の夜の夢』とは異なり、出てくる妖精たちもみな子どもの扮装で「本物」ではありません。妖精もいなくなった世知辛い世の中になった証拠なのでしょう。

2通の手紙も「印刷のように同じ」などと非難されますが、もしも14世紀が舞台ならば、ドイツのグーテンベルクの印刷術ですら15世紀の半ばに登場したわけで、イギリスにはまだ普及していなかったのです。その意味で、200年後には、どうやらフォルスタッフが活躍する場もなくなったようです。

フォルスタッフは、関係者全員から、「デブ」だの「年寄り」だの「悪魔」だのとあらゆる悪口が浴びせかけられます。とりわけ牧師のエヴァンズが、聖職者らしからぬ悪口の単語を並べます。それを聞いてあきれたようにフォルスタッフは敗北を認めるのです。

おれはあんたらの標的だな。おれより先んじていたんだ。降参だよ。ウェールズのフランネルを着たやつに反論もできやしない。無知がおれの上に重しのようにのしかかってやがる。好きなようにおれを利用してくれ。［5幕5場］

言い訳を連発する才知も干からびてしまい、フォルスタッフはもはや退場する以外になかったのです。「好きなようにおれを利用してくれ（Use me as you will）」という捨てゼリフが、あきらめの境地を物語っています。

◉祝祭的な言い訳を

こうして見てくると、フォルスタッフの小手先の言い訳もなかなか役立つ場合があるようです。なかでも、「アダム」だとか、「王」といった大きな存在を持ち出してごまかすのは効果的なようです。「国事」も使えそうです。「大きな森が小さな木を隠す」というのはミステリーの常道ですが、フォルスタッフの手口も似ています。それに、「本能」というのもなかなかの発明でした。また訴える側を「訴えるぞ」と逆襲したり、「嘘つき」呼ばわりをして煙幕を張るのも一つの手なのです。

なによりも言い訳では、相手が失笑してしまえばしめたものです。笑ったあとでは相手をなかなか叱りにくいものです。しかも太っているフォルスタッフは、体型からも笑って許してもらえる先入観を与えています。これは、今でも世間で通用するのかもしれません。

フォルスタッフがもつ祝祭的な性格がうまく劇に利用されています。『ヘンリー四世』二部作の最後では、ヘンリー五世になったハル王子から追放されますが、悪事をしないように最低の食い扶持(ぶち)だけは保証されます。戦死はしませんし、クイックリーに看取(みと)られて亡くなります。ハル王子がヘンリー五世となるための反面教師として、フォルスタッフが必要不可欠だったのです。

そして、現在に転生した『ウィンザーの陽気な女房たち』でも、最後には角をはやした変装をしてウィンザーの森のなかで密会を楽しもうとして失敗します。結局のところ、フォルスタッフの行動は、不本意な結婚を阻止するのに役立っただけです。その意味では、利己的なようでいて、フォルスタッフの役目は、利他的だったのかもしれません。

社会の道化役として、フォルスタッフの行動や言い訳が全体を活性化するのなら、それは一種の「人徳」でしょう。簡単に真似できるものではありませんし、言い訳すらも本人の資質と合っているのです。それでも窮地のときには、フォルスタッフ流の言い訳は、事態の打開に役立つかもしれないと思わせてくれます。「言い訳のデパート」はそれだけの魅力をもっているのです。

(★1) 父親と同じ名前ヘンリーなので、区別するためにハルという愛称が使われます。ハムレット王子も、亡霊になった父親はハムレット王と同名で、もしも彼が無事に王になっていたのならば、ハムレット二世とでも呼ばれたのかもしれません。王でなくても、祖父、父親、息子と同じ名前をつけて「ジュニア」「三世」という例は英米に見られます。父親を「シニア」と呼んで区別することもあります。

(★2) シェイクスピアはライバル劇団よりも人気が出て結局10本の歴史劇を書きました。フォルスタッフはモデルになった殉教者のサー・ジョン・オールドカースルの子孫から文句が出ないように配慮した名前ともされます。実際『ヘンリー四世・第2部』の最後では、名前の類似は偶然だという現在映画やドラマにも見られる言い訳とおなじ口上がでてきます。つまりシェイクスピアは、制作側の言い訳のルーツでもあるわけです。

第3章

「貧しい者が泣いたとき、シーザーも泣き崩れた」

〜スピーチを求められたとき〜

◉スピーチライターの種本として

スピーチ、というのは酒席の仲間内の挨拶から、結婚式やかなり格式張ったときの祝辞も入るでしょう。チーム全体への訓戒や、ときには立場によっては、演説に近いものも必要になるかもしれません。いきなり求められても困りますし、かといって原稿を用意して読み上げ、ちらちらと文面を眺めるのも無粋に思われるかもしれません。そのあたりは、原稿を何度も読んで覚えるなど、各自が工夫をするのに任されています。

アメリカの大統領に求められるのは、もっと公式的な発言です。国民を納得させると同時に、国際的にも発言が注目されます。といって大統領が自分で書いているわけではありません。スピーチライターがついています。アメリカでは専門のスピーチライターを企業の CEO が雇う場合もありますが、重要なのはやはり大統領のスピーチライターでしょう。その質で内容も変わってきます。

バラク・オバマが大統領に就任したときに、主任スピーチライターとなったジョン・ファヴローが脚光を浴びたことがあります。20代半ばの若手なのに抜擢され、2007年の大統領の選挙キャンペーンから就任演説までを担当しました。若い世代に訴える能力が重視されたのです。

ただし、スピーチライターは単独ではなく、複数人雇われ、大統領やスタッフと意見を交えて効果的なスピーチ原稿を作りあげます。通常チームとなって、大統領の考えやメッセージを聴衆に効果的に伝えて浸透させるさまざまなスピーチ原稿を仕上げていきます。地元の集会の小さなスピーチから、独立記念日や戦勝記念日などの国民向けのスピーチ、痛ましい事故や災害や戦死者についてのスピーチもあります。ホワイトハウスのサイトには、折々に大統領が読んだスピーチ原稿が掲載されていて、誰でも閲覧できます[★1]。

そうした歴代の大統領を支えたスピーチライターのなかで異彩を放つのが、アイゼンハワー、ニクソン、フォード、レーガン、ジョージ・ブッシュ（父）の五人の共和党の大統領のもとでスピーチ作成に加わったジェイムズ・C・ヒュームズです。ヒュームズはスピーチの教科書も書いている人物ですが、「アカデミック（専門的）な内容をレトリックに変える」といった、スピーチの効果を高めるのに秀でた人物でした。

仕えた大統領の内幕を書いた『ホワイトハウスのゴーストライターの告白』（1997）では、レーガン大統領が銃撃されたときに、こんなときチャーチルなら何というのだろうと尋ねられたとか、貴重な証言が述べられています。ヒュームズはアポロ11号の月面着陸での感動的なスピーチから、チャレンジャー号の事故でのレーガン大統領による悲痛なスピーチまでいろいろと関わってきました。そうしたスピーチに、人の心に訴えるタッチを加えるヒントを与えてくれたのが、建国の父祖たちの言葉やチャーチルの演説、そして何よりもシェイクスピアだったのです。

『ホワイトハウスのゴーストライターの告白』では、章ごとに冒頭にシェイクスピアから意味深な引用がされています。「ニクソンのライター」という章では、「私の最良の技は、古い言葉を新しく着飾ること（All my best is dressing old words new）」が出てきます。ソネット集の第76番から採られています。その後、ウォーターゲート事件で退任するまでのニクソンとの関わりあいが書かれています。やめてしまったニクソンと再会して、思わず「大統領閣下（Mr. President）」と呼んでしまい、もはや一市民になったと気づいて「ニクソンさん（Mr. Nixon）」と言い換えるところなど生々しい部分もあります。

さらにヒュームズは『市民シェイクスピア』（1993）という伝記も書いています。アメリカの共和党政治の中心にいた保守的な人物なので、現在の研究者たちが描くシェイクスピア像とはずいぶん異なります[★2]。ですが、現実政治の裏舞台を知った人物の手によるので、血肉化されたシェイクスピア像を知ることができます。

そもそも、国王一座の座付作者にまで上り詰めたシェイクスピアが、保守的ではないと誰が決めたのでしょうか。エリザベス一世もジェイムズ一世も彼の芝居を観て楽しんだわけです。リベラルなシェイクスピアを読み取るだけでは、その全体像や影響力を推し量ることはできません。イギリスの皇太子が「生きるべきか死ぬべきか」を語り、アメリカの大統領のスピーチに利用されました。シェイクスピアも『ウィンザーの陽気な女房たち』のフォルスタッフのセリフのように「好きなように使ってくれ」と言うしかなかったでしょう。それとも「悪魔も目的のためには聖書を引用する」と諦めたかもしれません。

亡くなったエリザベス二世も事あるごとに国民に向けてスピーチをおこなってきました。アメリカの大統領だけがおこなうわけではありません。シェイクスピアがスピーチライターにこうした霊感を与えてきたのも、戦争や政争などでのお手本となる具体的な状況とセリフがあったからです。ここでは戦場で人を奮い立たせたスピーチと、人心を逆転させたスピーチを取り上げます。

◉勇猛果敢なスピーチ

やはり士気を高めるというか、全体を鼓舞する役目をはたすのは、戦争においてのスピーチでしょう。リーダーとは現場で奮起させるのも役割の一つです。しかしながら、近代戦では遠くから指示するのがふつうになり、『ヘンリー四世』や『マクベス』で王が剣を手にして闘(たたか)うようすが描かれているのは、中世を舞台にした歴史劇だからです。もちろん当時の人は「中世」とは考えていなかったわけですが、それでも200年以上前の古い戦争の出来事と考えていたはずです。実際、エリザベス一世やジェイムズ一世が戦場に出かけることはありませんでした。

放蕩(ほうとう)時代の悪い仲間であるフォルスタッフを、王位の継承とともに切り捨てたハル王子ことヘンリー五世が、戦場でどのようなスピーチをするのかは気になります。ヘンリー五世は理想の君主の一人とされ、イングランドが失った大陸の領地を、フランスの王女と結婚することで取り戻したことでも知られます。最後はイングランドの大勝利で終わる劇ですので、愛国心に訴えないはずはありません。日本ではあまり知られていなくても、イギリスではもちろん人気の上位にきます。

そのため、戦争のたびに『ヘンリー五世』に注目が集まります。

ローレンス・オリヴィエが演じた『ヘンリィ五世』(1944) は第二次世界大戦を踏まえていますし、BBCのシェイクスピア全集での『ヘンリー五世』(1979) は、フォークランド紛争とつながりそうです。また、ケネス・ブラナーが作った映画版の『ヘンリー五世』(1989) は、湾岸戦争と無関係ではありません。そしてBBCの「ホロウ・クラウン」という歴史劇のシリーズでの『ヘンリー五世』(2012) やNetflixで公開された『キング』(2019) は、21世紀に入っての9・11やイラクやアフガニスタンの紛争を想像させずにはいられません。どれもイギリスの兵士が参加した戦争だからです。戦争への立場や解釈は異なりますが、イギリスの戦争の状況やフランスをはじめとする外国を敵視する意識と無縁に、この勝利で終わる劇を演出することは難しいでしょう。

イングランド王としてヘンリー五世がおこなうスピーチで有名なのが、3幕1場でのハーフラーというフランスの市を攻めるときに全軍を鼓舞するものです。激戦となり市を守る城壁の門を打ち破ることでしか勝利を得ることができない状態で、一種の突入のために人心を掻き立てるものです。戦争などのたびに、イギリスのなかで思い起こされるセリフです。

前半は再び攻撃するためには各人の心構えを立て直せというものでした。

もう一度裂け目へ、諸君、もう一度突入だ。さもなければ、壁をイングランド人の死体でいっぱいにしてしまえ。平和時には、慎み深い平穏や謙虚さほどふさわしいものはない。だが、戦争の進軍ラッパが耳に響いたら、虎の蛮行を真似るのだ。筋肉を強張らせ、血をたぎらせ、おとなしい本性

> など、厳しさをたたえる怒りで覆い隠せ。そして、目に恐ろしい輝きを宿すと、頭蓋の穴を通して真鍮の大砲のように、飛び出させるのだ。崖にくっついた岩が身を乗り出し、崩れそうな根本から突き出して、荒れた荒涼たる海に飲みこまれそうになって不安になるくらいに、眉を目の上に突き出せ。歯を食いしばり、鼻の穴を広げて、息をしっかり吸い、あらゆる気力を身の丈いっぱいにまで注ぐのだ。[3幕1場]

「諸君（dear friends）」と対等な扱いをし、一人の人間の面相をまるで地形のように喩えていきます。こうした描写は今では使いませんが、大げさにみえる比喩が重要なのです。真鍮の大砲とか、落ちそうな岩と、人間の顔を戦場に喩えています。そして、兵士らしく身構えろと個人に呼びかけて、続く後半では全体の統一と団結に向かっていきます。ひとりひとりを鼓舞し、のちに集団の自尊心へと語りかけるのです。外面から内面そして個から集団への切り替えが、リーダーらしいスピーチといえるでしょう。具体的な表情や態度から抽象的な理想へと話の流れを作っています。

さらに鼓舞するように続きます。

> 前進だ、前進だ、気高いイングランド人諸君。戦争を耐え抜いた先祖の血を引き継いでいるはずだ。先祖たちは、アレキサンダー大王の一団のように、この地で、朝から、敵がいなくなって剣を鞘に収めるまで戦った。諸君の母親たちの名誉を汚すな。諸君が父親と呼んでいるものが母に種をつけたのだと、今こそ証明してみせよ。より卑しい血の

やつらの手本となり、戦争のやり方を教えてやれ。ヨーマンの諸君、イングランドで四肢(しし)が作られたのだから、故郷の美質を、このフランスで見せてくれ。生まれたことに価値がある者だと誓おう、私はそれを疑ってはいない。目に気高い輝きをもたないような卑(いや)しい粗野な者などここにはいない。諸君は首紐をつけたグレイハウンドのように立ち、開始を待ちかねて紐は切れそうだ。獲物を狩るのは間近だ。気力に従い、突撃しよう。「ハリー、イングランド、聖ジョージに神の御加護を」と叫べ。［3幕1場］

先祖の血の話をし、歴史の繰り返しだと述べるのです。しかも、母の名誉を汚すなと、兵士たちの男らしさや団結心をくすぐります。彼らは強い弓をひく「ヨーマン（郷士）」たちからなる弓兵隊でもあるのですが、一丸となった戦いをしろと叱咤激励(しったげきれい)します。そのときに、選ばれた存在であることを示唆し、卑しい血の者つまり下層とは異なるのだ、と海を渡って戦っている貴族やヨーマンたちの自尊心をくすぐります。

さらにグレイハウンドという猟犬のイメージを持ち出し、獲物に向かって突撃しようとして張り切っている様を描きます。グレイハウンドは猟犬であり、シェイクスピアの劇のあちらこちらに登場します。しかも「狩りの獲物が間近だ（The game's afoot)」というのは『ヘンリー四世・第1部』にも出てきています。ハル王子が倒したホットスパーが戦闘に向かおうとする性癖を表していました。

さらに、ヘンリー五世となったハル王子は、最後には、ヘンリー王が自分をハリーと砕けて呼び、さらにイングランドとその守護聖人の聖ジョージの名を叫びます。このハリーというのも、『ヘンリー四世・第1部』では、ハリー・パーシーつまりホットスパーの呼び名で、ヘンリー五世の方はハルでした。どうやらヘンリー五世は自分が倒した相手の呼び名や行動を模倣しているのです。スピーチのなかでも、卑しい者に気高い者を模倣させろと言っていました。ホットスパーを倒した名誉こそフォルスタッフが横取りしたのですが、その行動のほうはハル王子つまりヘンリー五世が模倣したのです。まさに名より実を取ったわけです。

このスピーチに触発されたハーフラーでの勝利が、四幕での決戦であるアジンコート（アジャンクール）の戦いへと続くのです。現在の日本で戦争の指揮官になる機会はあまりなさそうですが、戦争状況を離れても、多くの現場では、リーダーの士気によって雰囲気が変わります。イギリスの勝利の転換点となった重要なスピーチなのですが、個人から集団へと説得する相手を拡げたやり方はヒントとして役立つかもしれません。

◉人心を一変させるスピーチ

ヘンリー五世のように一致団結や統率を目指す場合だけでなく、ひとつのスピーチによって不利な状況を逆転できたら、という願望を抱かせるのも、スピーチの大きな役割です。自分に対して敵意や反感をもつ相手を一気に味方につけたら、どれほど有利になるのかわかりません。会議で孤立した人物から、大衆の煽動（せんどう）者までもが夢見る展開でしょう。そのようなスピーチの代表例が、『ジュリアス・シーザー』でのマーク・アントニーの演説です。

『ジュリアス・シーザー』は『アントニーとクレオパトラ』へと続き、シェイクスピアのローマ史劇に入るのですが、種本は、紀元1世紀のプルターク（プルタルコス）による『英雄列伝』でした。ギリシアとローマの英雄を一人ずつ取り上げて性格や業績を対比するので『対比列伝』とも呼ばれます。1579年にトマス・ノースによる英訳本が出版され、シェイクスピアはそれを読んで利用したのです。

シーザーが市民それも下層の平民たちに、神聖視され独裁者になりつつあるという懸念から、護民官たちやキャシアスは暗殺を考えます。シーザーの腹心と思われていたブルータスも周囲に説得され、暗殺者に加わるのです。そして、暗殺が決行されたときに、裏切りに驚いてシーザーが口にする「ブルータスよ、お前もか（Et tu, Brutus)」というセリフは有名です。これはプルタークにもなく、シェイクスピアのオリジナルのようです。

動揺する市民を平定しようと、ブルータスが代表して、シーザーの殺害を正当化する演説をおこないます。次に、公平を装うために、暗殺に加担していないシーザーの友人である、アントニーに演説をさせるのです。

プルタークの『対比列伝』中の「カエサル伝」にはアントニーが演説をしたという記述はありません。翌朝になって、平和に葬儀がなされると聞いて市民はおとなしかったが、シーザーの遺言で金が分配されるのを知り、シーザーの死体を見てからは鎮まらず暴動になった、という記述があるだけです。「アントニウス伝」には、死者を称賛する演説をし、そこに自分の意見を入れ、死体の傷を見せて煽動したとあります。シェイクスピアは、基本的にこの二つの記述を組み合わせて、自由にセリフを作り出したのです。[★3]

ブルータスはシーザーを殺害した理由を市民に告げるとき、

シーザーが憎かったのではなく「ローマをより愛していた（I loved Rome more）」からだと言います。そして「野心をもっていたから殺した（as he was ambitious, I slew him）」と述べ、大義のために個人を犠牲にしたという立場を貫きます。そのスピーチの途中でシーザーの死体を運んできたアントニーにバトンタッチをするのです。

次にアントニーの番になります。話す順番も重要で、アントニーが先だったら、これほどの効果はなかったでしょう。アントニーに演説をさせること自体やその順番に、暗殺仲間のキャシアスは懸念をしめしていたのですが、ブルータスは自分たちの側の勝利を確信し、アントニーを信頼して、スピーチを終えるとその場を離れてしまいます。アントニーのスピーチはかなり長いのですが、最初の区切りまでにブルータスのスピーチを転倒する技が駆使されています。それをさらに短く区切りながら、どのような技が使われているのかを見ていきましょう。

人々への呼びかけは形式的なものですが、ブルータスの「ローマ人諸君よ、同胞諸君よ、市民諸君よ」とは変えて、アントニーは「友人諸君よ」と始めます。「市民」という客観的でどちらかといえば距離のある表現ではなくて、「友人」という親しみをこめたプライベートな表現で始めることに、ブルータスのスピーチを転倒する意思がうかがえます。

> 友人諸君よ、ローマ人諸君よ、同胞諸君よ、耳を貸してくれたまえ。私はシーザーを埋葬に来たので、称賛のためではない。人がなした悪業は死後も生きるが、善行はしばしば遺骨とともに葬られる。ならば、シーザーの善行もそう

しよう。気高いブルータスは諸君にシーザーは王への野心をもっていたと語った。もしそうなら、痛ましい過ちだったし、シーザーは痛ましい形ですでに報いを受けている。[3幕2場]

すでにシーザーが「(王になる) 野心」をもっていたのかについて疑問が投げかけられています。しかもあったとしても、暗殺死という痛ましい形ですでに報いを受けていると指摘するわけです。ここからアントニーは言葉によってシーザーの名誉を回復します。ただし、表立ってシーザーを称賛してはいけないので、じつは修辞的な疑問文と巧妙なすり替えによって称賛するのです。

ここに私が来ているのには、ブルータスと仲間たちの許しをもらったのだ。ブルータスは名誉ある人で、仲間たちもみな、名誉ある人たちだが、シーザーの埋葬でひとこと話すためである。シーザーは私の友人で、誠実で、公明正大だった。だが、ブルータスは野心をもっていたと言う、そしてブルータスは名誉ある人である。

「名誉ある」と「野心」とが対比されて、この後につづくトリックを用意します。それとともに、「F」の音が効果的に使われます。Fの音で始まる「埋葬 (funeral)」「友人 (friend)」「誠実 (faithful)」という語が続き、ローマ市民にとって「誠実な友人が埋葬された」という連想を聞き手に呼び起こします。このようにスピーチでは音の効果も重要で、スピーチライターのヒュームズが求められたように、論理ではなく修辞のタッチや味つけを必要とするのです。

アントニーは修辞疑問文を連発します。もちろん聞き手に「違う」と言ってほしいのです。ただし、アントニーから答えとなる否定の言葉は出せません。それは無言のうちの応答となります。先ほど「報いを受けている（answer'd）」という語を使っていました。それは、言葉だけでなく、具体的な行為を伴っています。同じようにアントニーの修辞的な疑問に心のなかで答えているうちに、聴衆のなかに「違う」という気持ちが芽生え、さらに行動へとつながるのです。

> 彼（＝シーザー）は多くの捕虜をローマへと連れ帰って、その身代金で国庫をいっぱいにした。これがシーザーに野心があるように見えただろうか？　貧しい者が泣いたとき、シーザーも泣き崩れた。野心はもっと厳（いか）つい物から作られなくてはならない。けれども、ブルータスは彼が野心をもっていたという。そして、ブルータスは名誉ある男だ。

アントニーは具体的な過去を持ち出して、シーザーをもちあげていきます。それは聴衆である市民たちの記憶を呼び起こして、王になる野心などなかったと説明する部分です。身代金目的で捕虜をつかまえるのは、古代から中世の戦争においてもよくありました。

戦場にいる王侯貴族は、倒すよりも、むしろ捕獲して身代金を得る対象でした。リチャード一世という王は、十字軍遠征からの帰りに味方のはずのドイツの王によって身代金目的で幽閉されました。もちろん貴族よりも王のほうが身代金の額は高いわけです。シーザーは手に入れた身代金を国庫に入れ、しかも貧しい者に共感の涙を流したとアントニーは指摘します。

そうした事実の指摘よりも重要なのは、このあたりからアントニーが、人称代名詞の「彼」をシーザーとブルータスの双方に使ってしだいに混同させていくことです。聞いている者がどちらのことを言っているのか耳で判別しにくくしているのです。

> 諸君は見たはずだが、ルパカリアの祭日に、私は三度王冠をシーザーに与えたが、彼は三度とも拒否をした。これが野心だったのか？　けれども、ブルータスは彼（＝シーザー）が野心をもっていたという。そして、確かに彼（＝ブルータス）は名誉ある男だ。私はブルータスが言ったことに反証するのではない。だが、知っていることを話すためにここにいるのだ。［3幕2場］

ルパカリアの祭日の三回の拒否は、劇のなかに出てきます。ただし舞台裏でおこなわれていて、その最中にブルータスはキャシアスに暗殺計画に加わるように説得されるのです［1幕2場］。人々が参加する表舞台の裏で、密談がおこなわれていて、劇としてはそれが表舞台となっているという演劇や映画でおなじみの仕掛けを使っていたのです。ですから劇の観客はそのようすを目撃していないのですが、あたかもそちらも知っているかもしれない気分になって、今度はアントニーの側から、暗殺者たちへと憎しみを向けることができるのです。

> 諸君はみな一度は彼を愛した。理由もなしにではないのだ。

では、彼を悼むのを避けるどんな理由があるというのだ？判断力よ、おまえは野蛮な獣のもとに消え失せた。そして、人は理性をうしなったのだ。堪忍してくれ。私の心はシーザーとともに棺のなかにある。そして、心が戻ってくるまで、しばし間をとらなければならない。[3幕2場]

ここではとりわけブルータス（Brutus）と「野蛮な（brutish）獣」と音を響かせて、イメージを重ねています。そう考えると「堪忍してくれ（bear with me）」という決まった表現も熊を連想させるから利用されたのでしょう。「熊いじめ（bear-bating）」では犬などをけしかけて、獰猛な熊と戦わせていたのです。そうすると野蛮で獰猛な熊のようなブルータスという連想も湧きそうです。しかも全体にわたって繰り返された「だが（but）」も音として効果的で、いつの間にか、ブルータスとシーザーが入れ替わり、ブルータスが野心をもち、シーザーが名誉ある男と言っているように錯覚されてしまいます。スピーチで重要なのはこうした音や言葉の響きを利用して、論理だけではない説得を試みることです。

途中からアントニーは聞いている人々の心をつかんでいるという感触があったはずです。最後の「しばし間をとる」というのは意図的にポーズを入れて、市民たちの応答を求めるためなのです。演壇でコップの水を一杯飲んで間を空けるようなものです。聞いている人も緊張がほぐれ、何か言いたくなるのです。案の定、ブルータスよりもアントニーに同調する意見が出始めます。モノローグではなくて、ダイアローグとなるわけです（そうなるようにシェイクスピアが描いているわけですが）。

アントニーは次に遺言状をもってきて、これを読み上げるのをためらって人々をじらしてから、みなに金が行き渡る話をします。そして、シーザーの死体を前にして、被されていた衣を剝(は)いで見せます。さらに、「良き友人諸君、素晴らしい友人諸君、私にあなた方を煽動(せんどう)させて、反乱の洪水を引き起こすようにさせないでくれ」とまで言います。もちろん、否定の形をとって煽動しているのは間違いありません。

遺言状も死体の話もプルタークの「カエサル伝」に書かれているのですが、扱い方が異なるのです。秘密を開示するようにじらすのも、言葉の魔力です。見せられないと言われれば見たいと思うでしょうし、死体にかぶせていたものを剝いで、傷の数などを言い立てて、遠くにいる聴衆にも生々しさを伝えます。このあたりの見事な部分はぜひ舞台や映画で味わってほしいものです[★4]。

このスピーチは、ヘンリー五世のスピーチとは異なり、市民たちと応答しながら進んでいきます。しかも、アントニーのスピーチがこれだけ成功したのは、その前のブルータスのスピーチが一定成功していたからなのです。市民たちも一度はブルータスに熱狂したのです。それが演芸でいう前座や前の演者によって、客席が温まっていた状態になっていて、後の演じ手は観客からの喝采をとりやすくなっていたのです。これも演劇人としてのシェイクスピアの計算でしょう。

ヘンリー五世のスピーチには全体をまとめて、統一していく力を得るために言葉の力が利用されました。アントニーのスピーチからは前の意見を踏まえてそれを上手に利用し、あいまいな物言いから、証拠を出す順番までも武器となります。ただし、何よりもシーザーの暗殺というむごたらしい出来事の評価を覆すために使われたのであり、アントニーのやり方は、日常生活であまり応用できないかもしれません。それでも、計算されたスピーチを作るヒントにはなるでしょう。

（★1）ホワイトハウスのサイトに掲載された大統領のスピーチ。
https://www.whitehouse.gov/briefing-room/speeches-remarks/

（★2）まったく同じ『市民シェイクスピア』というタイトルの研究書をジョン・M・アーチャーが2005年に出版しました。そこでは、シェイクスピアはロンドンの居住者ではあるが、都市の「自由」を享受したわけでも、当時法的政治的に受け入れられた意味での「ロンドンの市民」ではなかったとしています［Archer: 1］。ヒュームズが考えるアメリカ市民と直結させたい理念的なものとは異なります。あるいはイギリスの立憲君主制とアメリカの共和制という政体の違いによるそれぞれの「市民」の意識の違いにも起因するのかもしれません。

（★3）アメリカのタフツ大学が「ペルセウス」というサイトで古代の文献を公開しています。
https://www.perseus.tufts.edu/hopper/collection?collection=Perseus:collection:Renaissance

（★4）ジョーゼフ・L・マンキーウィッツ監督による映画『ジュリアス・シーザー』（1953）におけるアントニー役のマーロン・ブランドのスピーチは素晴らしいものの一つです。ブランドといえば、ゴッドファーザーのイメージしか知らない人はぜひ観てください。

コラム①

シェイクスピアはいつでも同じ？

日本でも子ども向けのシェイクスピア作品はたくさん出版されています。そうした本を通じてシェイクスピアに親しんだ人もいるかもしれません。けれども、シェイクスピアはあくまでも大人向けに書いたわけですから、子どもの頃読んだ話とずいぶん印象が違う場合があるかもしれません。『ロミオとジュリエット』など、落差が大きい作品のひとつでしょう。大人の読者でもシェイクスピアの完全版を読んでいたとは限りません。シェイクスピア作品は、多くの古典とおなじく、教育的な配慮から、当時の道徳的な基準に照らして、子どもなどに過激とみなされる要素が削除されるとか、書き直されます。とりわけ19世紀には盛んで、その影響は現在にまで及んでいます。

ヘンリエッタとトマスのボールダー姉弟が編纂した『ファミリー・シェイクスピア』は、1807年の初版以来、19世紀を通じて広く読まれました。赤毛のアンが大学に行くときに、村からシェイクスピアの戯曲集を贈られますが、これだったのかもしれません。タイトルに「家庭向け」をつけ、キャッチフレーズに「オリジナルの本文には何も付け加えず、家庭内で不謹慎にならないように、大声には出せない語句や表現は削除した」とあります。

家庭で大声で口にできない表現とは、現在の映画やゲームの年齢別の規制と同じく、多くは性的な要素と、殺人や死などの残酷な要素、つまりエロスとタナトスに関連する要素なのです。

シェイクスピアには、死に至る悲劇的な場面や卑猥な道化や恐ろしい悪役なども活躍します。子どもには使用が禁じられた冒涜的な言葉や卑猥な表現を使うキャラクターが登場します。ボールダー姉弟の版は、シェイクスピアの「神（God）」を「天（Heaven）」と変更して、神の名をみだりに唱えてはならないという聖書の教えに合致させます。不適切と思われる箇所も削除しました。ジュリエットの乳母のセリフは、そのままでは子ども向けにはふさわしくないような言い方をしていますし、1幕3場で乳母が自分の夫が死んだことや口癖について述べている箇所をきれいに削除しています。

『ファミリー・シェイクスピア』のやり方は、本文を尊重しているほうですが、もっと進めて全面的な「語り直し」であるならば、不都合な要素は完全に排除できます。そうした配慮のもとで出版され、日本でも翻訳されているのが、メアリーとチャールズのラム姉弟による『シェイクスピア物語』（1807）でしょう。『ファミリー・シェイクスピア』と同じ時期に出ました。『ロミオとジュリエット』のなかの二人が出会った場面で、キスを二回するわけですが、行為はなく、セリフだけで婚約が成り立ったとされます。そして、卑猥な言葉を口にするジュリエットの乳母やロミオの友人のマキューシオは、キャラクターの存在そのものが消し去られています（子ども向けのリライトのコツは、キャラクターを減らすことだそうです）。そのため、乳母がロミオとジュリエットの間をとりもつとか、マキューシオに導かれてジュリエットの社交界デビューの舞踏会を訪れた話や、ティボルトによってマキューシオが殺害されたことが、復讐心の引き金となったことなどの経緯がばっさりと切り捨てられてしまいます。「純愛物語」としての「ロミジュリ」観を作っているのは、ラム姉弟による『シェイクスピア物語』の力が大きいのかもしれません。

また、『砂の妖精』で有名な児童文学者のイーディス・ネズビットによって『子どもたちのシェイクスピア』(1897) が書かれました。『ロミオとジュリエット』については、ラム姉弟が忌避したキスの場面にきちんと言及し、ロミオが年上のロザラインに恋していたことも触れています。やはり乳母は役割が小さくなっています。そして、ロミオを「夫」と呼んで秘密結婚が二人を夫婦としたことを明らかにするのですが、追放を宣言されたあとの結びつきが「初夜」であることは曖昧なまま終えています。ロミオが登れなかったバルコニーの壁を上がるために、乳母がはしごを用意して逢引のお膳立てをしたことなどに触れられることはありません。

じつは、『不思議の国のアリス』のルイス・キャロルさえも、少女のためにシェイクスピアの書き直しを1882年に計画していたほどなのです。傑作を若い読者に伝えたいという意欲と、それを清らかな物語として伝えたいという心理的あるいは倫理的な規制とがぶつかっていたのです。

そうした書き直しだけでなく、今でいう二次創作も盛んでした。メアリー・カウデン・クラークは、『シェイクスピアのヒロインの少女時代』(1850-52) で、想像をたくましくして、劇には描かれていない『ヴェニスの商人』のポーシアの大学時代とか、『オセロ』のデズデモーナの幼い恋心を小説仕立てで語る、という今なら二次創作と呼ばれる本を出しました。メアリーはシェイクスピア学者である夫のチャールズとともに、テクストの改訂もおこない出版しています。ただし、ここで気になるのは、ボールダー姉弟、ラム姉弟、さらにクラーク夫妻でも、女性の名前が不当に陰に隠れていることでしょう。

第2部

個人がひとりで苦悩するとき

第４章

「今のままか、それを断ち切るか、問題はそこだ」

～メランコリックな苦悩にはまったとき～

◉メランコリーという病

心の悩みや苦悩は、いつの時代にもありますし、古くて新しい問題です。思春期や成人という年齢や成長段階につきまとう悩みもあれば、時代や家庭や社会といった周囲の環境によっても悩みは生じます。そして落ちこんでしまい、精神が傷つき、いつしか深く病んでしまうこともあります。

こうした気鬱の病をこじらせないために、処方箋が何かないかと探すと、シェイクスピアの作品に、いくつかの手がかりが見つかります。もちろん、矛盾や分裂つまり病相をそのまま扱うのが文学の役目のひとつですから、惨たらしい現実や、怒りのやり場のない悲劇、さらには個人の言動の矛盾や分裂が描かれます。こうした治療でうまく解決できました、という報告がない場合も多いのです。それに毒から薬を作り出すという発想もあります。病気への免疫をつける方法として、弱毒化した病原を体内に取りこむ方法もあります。文学の役目も、心の免疫力をつけるために、薄めた毒を接種するようなものかもしれません。

シェイクスピアの時代には「メランコリー」という気鬱の病が流行していました。正確には症状から、これはメランコリーだとレッテルを貼っていたわけで、体液に基づく病とされていました。その後、ロバート・バートンが『メランコリーの解剖』(1624-52)という百科事典のような本を書きました。三部に分かれていて、古代からの問題であり、症状は300あると学者が言ったとか、食事には何がいいかなどの忠告も出てきます。このメランコリーの考えは、躁鬱病などの心理学や精神医学の考えに流れこんでいます[★1]。

メランコリーと結びついた苦悩する主人公の代表といえば、やはりハムレットでしょう。イギリス文学を代表する作品ですし、舞台の上に亡霊から頭蓋骨まで登場します。さらには、ハムレットの「狂気」が本物なのか、それとも偽の演技、いわゆる佯狂なのかは、現在でも議論があります。その境目が不明なのが、まさにメランコリーという病なのかもしれません。

当時の医学的な証拠から、ハムレットの症状の度合いを論証しようとする試みもあります。おそらく、作品からは決定的な答えは出ないでしょう。むしろ劇を観ると、当初は狂気が偽物であったとしても、それがポローニスやクローディアスのような周囲から「本物」とみなされて、ハムレットが「発狂者」というカテゴリーに押しこめられるプロセスが見えるのです。劇のなかで「病」や「病人」が作られていくことが明らかになるのです。

ハムレット王子は、ドイツのウィテンベルグ大学に留学していたのですが、父親の突然の死と母親の再婚と新王の戴冠という儀式のために、エルシノアの王宮へと呼び戻されます。まさに冠婚葬祭が同時に起きたので、ハムレットは「料理の節約(thrift)」のためと揶揄しますが、混乱しているのです。

そこに同名の父親の亡霊が登場します。王侯貴族をはじめとして、後継ぎとされる長男に自分と同じ名前を付ける習慣がありました。それとともに、これがハムレットを惑わせる要素でもあります。自分は理想の王と考える父親の後継ぎ、ハムレット二世になれるのか、という不安です。戦場で戦った理想の姿としての父と、何もできずにいる自分という現実との間で悩むわけです。この図式が、現在まで多くの人を魅惑してきたのでしょう。

舞台は中世のデンマーク王国ですが、映画や舞台では現代に置き換えられたりします。アキ・カウリスマキ監督の『ハムレット・ゴーズ・ビジネス』(1987) では企業を乗っ取る話となり、ハムレットは銃で復讐を遂げます。

マイケル・アルメレイダ監督の『ハムレット』(2000) は、巨大なIT企業に舞台を移し替えていました。こちらはフェンシングの試合のなか、やはりハムレットは銃で叔父を殺害して復讐を遂げます。現代のビジネスの世界を舞台にしても、企業という組織の継承と、それを牛耳(ぎゅうじ)っている経営者一族の問題が、王国と王家の関係として描かれるのです。

王朝が替わるように、王国も支配者が交代していくのであり、最後にはノルウェーのフォーティンブラスがやってきて、後継者が絶えたデンマークの王となります。どこかエリザベス一世の後継者問題を連想させるところがあります。

クローディアスは、亡霊の証言によると、ハムレットの父親殺しの犯人とされます。ハムレットが復讐する相手は、自分の叔父で、今は義理の父親で、現デンマーク王なのです。ハムレットは、クローディアスと血縁関係 (叔父)、義理の縁 (義父)、そして王権 (君主) という何重もの関係にとらわれます。

そもそも殺人は罪ですが、なかでも「王殺し」は秩序を転覆する大罪 (treason) です。クローディアスが兄の王を毒殺したのが罪となるように、証拠もつかまないで現王クローディアスを殺害すれば、それも大罪です。亡霊の命令どおりに実行しないといけないと思いこむハムレットの心の重苦しさが、精神の錯乱をまねいたとしても不思議ではありません。

バートンは愛のメランコリーの症状を分析していますが、『ハムレット』にもそれは登場します。亡き父を裏切ってその弟と結婚した母親ガートルードへの屈折した愛があります。母親の寝室でなじる場面では「近親相姦」という言葉さえ使います。また、恋人のオフィーリアとの身分違いの恋愛の破綻（はたん）もあります。王族はふつう他所の国の王族と結婚するもので、王の血が流れていない臣下の娘と結婚しても持参金に土地や財産がつかないので、結ばれる可能性は乏しかったのです。

また、嫉妬や羨望もメランコリーの原因となるとされます。だとすると、亡き立派な父親、さらにライバルとなった二人の息子たち、つまりポーランドへの遠征を見送ったノルウェーの王子フォーティンブラス、そしてオフィーリアの兄でフランス留学へと戻ることが許されるレアティーズなど、ハムレットにとって同世代の嫉妬の対象もいるのです。当時メランコリーの原因とみなせそうな状況が、ハムレットに次々と押し寄せました。クローディアスは「狂気」というレッテルを貼りまくりますが、重要なのは、観客は、ハムレットがそうした行為へと傾倒していった経過を知っているということです。

◉選択肢の意味を変える

ハムレットの苦悩の象徴として、3幕1場での「生きるべきか、死ぬべきか、それが問題だ（To be, or not to be, that is the question)」の訳で広く日本で知られる独白（モノローグ）があります。登場するのが四番目なので、第四独白とされますが、実際に劇においてその訳が採用されたことは21世紀の河合祥一郎訳までありませんでした(★2)。生と死という解釈だけではうまく説明できないからです。

この有名なセリフが、ハムレットの内面の分裂を生み、観客に強く迫ってくるのは、ひとつの接続詞（or）の力のおかげです。しかも、ハムレットは他のセリフでも「あるいは（or）」を多用しています。苦悩とは選択を迫られるとか、あるいは選択の余地がないと思いこむことで生じるわけです。

自分の生死の選択だけでなく、状況の選択など、多くの意味合いを含んでbe動詞が原形のまま使われています。多義的で翻訳は不可能なのですが、だからこそ、日本でも中学英語の初級レベルの短い単語の連続でありながら、解釈となると中学生ではなかなかできないわけです。生か死かという選択だけでは、自殺や他殺による破滅という選択を促すようにも見えるので、とりあえずそれを避けて考えてみました。

> 今のままか、それを断ち切るか、問題はそこだ。より気高く、荒れ狂う運命の投石や矢に心のなかで耐えるか、あるいは、厄介事の海に対して武器をとり、逆らって、それを止めるかだ。死ぬことは、眠ること。それ以上ではない。そして、眠りによって、肉体に引き継がれる心臓の痛みや何千もの衝撃を終わらせると言える。嘘偽(いつわ)りなく望ましい終わりとは、死であり、眠ること。眠ることは、偶然夢をみることになる。ああ、そこに邪魔が入る。というのも、死という

眠りのなかで、この現世の紛糾(ふんきゅう)を去ってどんな夢が訪れても、私たちにためらいをもたらすに違いないのだ。[3幕1場]

独白はまだまだ続きます。ハムレットを執拗(しつよう)におそう「または」とか「あるいは」という選択肢が彼の心を呪縛しているのです。「死」と「眠り」が同義に扱われ、死を選択できないなら眠る状態に閉じこもりたいと思っても、それすら邪魔されてしまうのです。この心の揺れ動きに、昔から多くの人々、とりわけ思春期の若い世代が感情移入してきたわけです。

自分で選択していると思いながらも、ハムレットはデンマークの王子という地位や、義父をもつ家族といった状況に「組みこまれている」のです。その範囲内で脱出を選択しようと試みます。閉塞(へいそく)感から、「デンマークは牢獄だ」と言い、「悪い夢さえ見なければ、胡桃(くるみ)の殻に閉じこめられても、無限の空間の王のように思える」と表現し、「溶けてしまえ、この汚れた肉体」と自分の体すら牢獄と感じてしまうのです。状況から離れた自由意志がはたしてありえるのか、というのは古代から現在まで続く難題です。

閉塞した考えからどのように脱却するのか、という手段の発見がハムレットにとって打開策のはずです。しかしながら、ハムレットは自分で選択を口にしながら、まさにその形式に呪縛されているのです。「問題はそこだ」というのは、選択肢を設定すること自体が問題だと告げているとさえ読めます。ハムレットが苦悩から逃れるひとつの道は、選択肢に出てくる「または(or)」の意味合いや働きを変えてしまうことです。(★3)

英和辞典にも載っていますが、「または」にはいくつかの用法があります(ここでは『リーダーズ英和辞典』第2版を参照しました)。

第一の用法に「または、あるいは、もしくは」、第二の用法に「すなわち、換言すれば」「〔前言を言いなおして〕というか、いや」、第三の用法に「……でなければ、さもないと」と代表的な意味があがっています。

第一の用法から二者択一に見えますが、じつは他の用法もあり、複数のものを列挙できるのです。「生きるべきか、死ぬべきか」という解釈に固執(こしつ)してしまうこと自体が、ハムレットを追いこんでしまうのです。今のまま復讐の状況に飲みこまれるのか、それとも抗(あらが)うのか。それ以外に、第三の道はないのかというときに、列挙法は別の可能性をみせてくれます。

「それとも」とか「あるいは」を多用するのが、ポローニアスでした。『ハムレット』という劇で「あるいは(or)」の大半を使う登場人物は、ポローニアスとハムレットなのです。前王殺害の真犯人であるクローディアスが選択肢で悩むことはありません。決断と実行の人なのです。

しかも、ハムレットもポローニアスを殺害してから使わなくなります。最初の殺人をおこなったことで、選択で悩むことが消えたのです。三幕四場で、母のガートルードに向かって口にしたのが最後で、それ以降ハムレットは「あるいは(or)」を口にしません。ひとつの不幸な結末に至って選択に悩む必要がなくなったからです。ただし、それによりポローニアスたちがハムレットに貼ってきた「狂人」という汚名が証明されてしまったわけです。今度はその事実がハムレットを追い詰めていきます。

興味深いのは、第二の用法である「あるいは(or)」を言い換え、前言を言い直す用法です。『フランケンシュタイン、または現代のプロメテウス』とか、『ジュスティーヌ、または悪徳の栄え』などと、小説のタイトルで利用されてきました。これは「A＝B」とも考えられます。「生きること」と「死ぬこと」あるいは「今のままでいること」と「今のままではいないこと」が同等に見えるかもしれません。二者択一で考えている限り、考えが行き詰まるのですが、これも相対化につながるでしょう。

いずれにせよ、二者択一とは異なる多数の列挙や言い換えという用法が、打開する道を見つけるヒントを与えてくれるかもしれません。

◉殺人の衝動を抑える

ハムレットが自分で計画を立てた復讐に関しての選択肢の苦悩から逃れる第二の道は、頭のなかで実行して、実際にはやらないというやり方です。それが、劇全体の中間にあたる3幕3場に出てきます。復讐を遂(と)げるチャンスが一回だけありました。実行して復讐が完了すると、劇は父の復讐を遂げた息子のあっぱれな物語として終わったはずです。ところが、ハムレットは一歩手前で実行を踏みとどまり、殺人の衝動を抑えたのです。

ここに至る流れは、エルシノア城を訪れた役者たちを使って、亡霊から聞いたように耳から毒薬を入れるというクローディアスの暗殺を再現させてようすをうかがったわけです。あてこすりの劇を上演し、それで顔色が変わるという犯人をあぶり出す手法に成功し、ハムレットは確証を得ます。

他方で、自分がハムレットに疑われていると確信したクローディアスは、ハムレットをイングランドへと追放することを決めます。そして、クローディアスの独白(モノローグ)があります。意外に思われるかもしれませんが、クローディアスも独白を語るのです。観客にはクローディアスの心情や事情もある程度わかりながら、ハムレットを追いこむ側の論理ややり方も見知っているのです。それが、ハムレットの意識や認識だけでこの劇を捉えきれない理由となっています。

クローディアスは祈りながら、自分の罪を告白しているのです。ハムレットの父親の亡霊が出てきたのも、天国にも地獄にもまだ行けず煉獄(れんごく)をさまよっているからで、それは生前の罪を死の間際に告解できなかったせいだといいます。つまり父親をきちんと天国に行かせたいという宗教的な理由もハムレットを苦しめているのです。それに対して、クローディアスは自分の罪を神に告白します。自分が兄を殺したのを、旧約聖書に出てくる兄カインが、神に認められた弟のアベルをその嫉妬から殺した殺人になぞらえます。兄弟間の殺人であり、しばしば最初の殺人とされます。それを悔いる姿をみながら、ハムレットは独白を始めます。いわゆる「第六独白」とされるものです。途中で剣を抜いて襲いかかろうとするのです。

> 今ならやれるかもしれない、だが今あいつは祈っている。そして、今ならやれるぞ。［剣を抜く］そして、あいつは天国へ、そうすれば復讐はなされる。悪党がおれの父上を殺し、だから、一人息子のおれは、まさにこの悪党を天国へと行かせてしまう。だが、これでは卑しい雇われ仕事で、復讐ではない。あいつは父上を、やりたい放題で、食べ物にも満ち足りていたのに殺したのだ。犯罪を５月の盛りのように満開にさせたのだ。そして、天上の神を除いて、あいつの所業の精算者がいるなんて、誰が知る。だが、この世の状

況と考えの筋道では、あいつに将来の見通しなぞない。そこで、おれは復讐して、あいつの魂を体から切り離す。死出の旅にふさわしく準備しているときにか？　だめだ。[彼は剣を鞘におさめる]　戻れ、剣よ、そしてもっと恐ろしい機会があることを知れ。あいつが酔って眠っているときとか、怒り狂っているときとか、ベッドで近親相姦的な喜びにふけっているときとか、賭け事のとき、悪事を誓っているとき、あるいは、救済が施しようもないおこないのときだ。そのときには引っ掛けてやるのだ。あいつのかかとは天国を蹴飛ばして、魂は呪われて真っ黒くなり、まるで地獄のようで、そこに行くことになる。母上が待っている。この祈りという薬も、お前の病みだらけの日々を延命させたにすぎない。[3幕3場]

ハムレットは、ここでは明らかに殺しかけるのですが、やめてしまいます。といっても延期なのですが、頭のなかで一度は剣で殺すということに向かったところに意味があるでしょう。そして、殺す機会が列挙され、今相手に斬りかからなくてもよい、と選択の幅が広がったのです。殺人の衝動を抑えたのが、罪の意識からではないところにポイントがあります。心のなかで一度は相手を殺せたわけです。

劇全体としては、このあたりから転換点となり、後半の悲劇性が高まっていきます。ハリウッド映画が採用している「ミッドポイント」の原型です。『ハムレット』を準備したともいえる『ロミオとジュリエット』でも、友人のマキューシオがティボルトに殺害され、激高したロミオがそのティボルトを殺害したことが転換点となりました。

あれこれと苦悩するハムレットから、行動するハムレットへと大きく変化します。きっかけは、オフィーリアの父親のポローニアスを義父で叔父のクローディアスと誤って殺害したことです。「あるいは（or）」という選択肢のひとつをすでに選んだハムレットがそこにいます。憎しみをかきたてる相手を殺害するのは短絡的な行動です。ところが、ハムレットが一歩手前で踏みとどまったことがかえって大きな悲劇を招くところに、『ハムレット』という劇の特徴があります。

この第六独白でハムレットは、剣に向かって、列挙の「あるいは（or）」を使っています。「あれかこれか」という重圧のある選択肢ではなくて、機会はいくらでも存在するというわけです。「復讐するは我にあり」と神が述べたのに反して、ハムレットが自らの手で復讐をするというのは現世的解決です。そして、レアティーズとハムレットとの剣の試合を利用して、毒殺を試みるクローディアスの悪行のなかで、ハムレットは復讐を完了するのです。クローディアスは「言葉など空虚だ」と言ってしまいます。ところが、因果応報のように、言葉を軽視した結果、自分が死を迎えたときに、神に祈ることも、もちろん告解の機会も与えられませんでした。その意味では、ハムレットが復讐の機会を剣に待つように言ったことは成就されたのです。

◉選択肢を選択する

ハムレットが苦悩を抜け出す第三の道は、「選択肢を選択する」ということです。もちろんそこまで客観視できるのなら、苦悩から逃げ出すことは難しくないかもしれません。脱出路が見つからないからこそ、ハムレットは破滅に向かったと言えるからです。けれども、『ハムレット』のモチーフや枠組みをもらっても、ハッピーエンドに筋書きを変えたものもあります。

たとえば、ディズニーの長編アニメの『ライオン・キング』(1994)では『ハムレット』を下敷きに、王位簒奪と奪還の話が描かれています。ライオンの王夫妻の息子シンバは、父ムサファを叔父のスカーに突き落として殺され、さらに自分も追放されてしまいます。王位奪還を狙って、叔父との対決をすることになります。その意味では、シンバは王宮内で苦悩するハムレットとは違って、復讐に一直線に向かい、その結果王位を取り戻すことができるのです。ハッピーエンドにするためにキャラクター関係が整理され、オフィーリアにあたるナラも死ぬことはありません。

また、意外に思われるかもしれませんが、『アナと雪の女王』(2013)は、ハムレットのもう一つの不安である父親からの王位継承に焦点をあてています。父から娘への継承ですが、亡くなった父からの、魔法や感情を隠せという命令に呪縛されるようすに、ハムレットに近いものを感じさせます。ノルウェーをモデルにしたアレンデールの王宮は、デンマークのエルシノアの王宮のように寒く、エルサは自分の部屋に閉じこもり、魔法を使った狂乱によって、混乱を招くのです。しかしながら、王位継承の困難を乗り越えて、魔法を制御することによって、見事立派な女王となったわけです。

シェイクスピア劇で、ハムレットの苦悩に一番近いのは、同じく父親の名前に潰されそうになったヘンリー五世の苦悩でしょうか。すでに触れたように、放蕩(ほうとう)息子のハル王子から無事に脱却して王になれたのですが、フォルスタッフという放蕩仲間を利用することで、王位継承の重圧から逃れ、最後には切り捨てることにも成功しました。世間への目隠しとなる人物を身近に置いていたわけです。

こうしたフォルスタッフの役割をホレーシオははたしてくれません。ホレーシオ（Horatio）のつづりには偶然「あるいは（or）」が入っていますが、報告する（oration）者としての意味合いの一部にしかすぎません。あるいはウィテンベルグ大学が、イーストチープの宿屋のような役目をもっていたのかもしれませんが、そこでのハムレットたちの生活はわかりません。学友と称するのも、ローゼンクランツとギルデンスターンのように、うわべだけの知り合いはいますが、遊び仲間がいるようには見えません。ホレーシオは学問上の友人であり、知恵袋なのです。

選択肢に押しつぶされていくハムレットの余裕のなさは、別の選択肢となりそうな別世界や他の生活を知らなさすぎたせいかもしれません。ハル王子は酒場の給仕とも親しくなれますが、ハムレットは下層の人々と距離がありそうです。ハムレットも墓地の墓掘り人のところで親しく話はしますが、それでも宮廷道化師だったヨリックの頭蓋骨に話題は移ってしまいます。

ハムレットが殺したポローニアスは、大学生活がもたらす快楽や誘惑に熟知していたのです。ポローニアスはレアティーズに、腹心の友人を作れとか、衣服に金をかけろとか、金の貸し借りはするなといった実践的な忠告をします。明らかに体験からにじみ出たものであり、行き届いたものでした。しかも、見守るための使いをフランスへやって、ちょっとしたけんかや放蕩程度は若気のいたりとして許そうとしています。このような父親をもっていたならば、ハムレットも息苦しくはなかったかもしれません。

しかも、ハル王子に直言する高等法院長のような司法の人間も手近におらず、たとえクローディアスの犯罪に疑いをもっても訴える相手がいませんでした。そこで、ハムレットは自分で解決するしかなくなります。それがポローニアス殺害によって、味方がホレーシオ以外になくなり、選択肢がせばまっていきます。

けれども、シェイクスピアの喜劇には、心変わりをするキャラクターがたくさん出てきます。『じゃじゃ馬ならし』のルーセンシオは、ビアンカという娘を見てすぐに学問への志を捨てました。『ヴェローナの二紳士』のプロテュースは、新しい女性シルヴィアの出現に簡単に元の恋人のことを忘れてしまいます。彼らは最初の目標に固執（こしつ）しないのです。

ハムレットが、たとえば、オフィーリアをとるか別の恋人か、といった苦悩する選択肢そのものを取り替えることができたのなら、悲劇から脱却できたかもしれません。もちろん、劇の『ハムレット』は、そうした選択肢を選ばないハムレットを描いていることで成立しているのですが、現実において、私たちが「ハムレット病」にかかる必要はないわけです。現実世界で悲劇的な方向に向かわないヒントも、『ハムレット』という劇に見え隠れしているのだ、ということは覚えておいても損はないのではないでしょうか。

（★1） メランコリーの系譜については、谷川多佳子『メランコリーの文化史 —— 古代ギリシアから現代精神医学へ』（講談社、2022年）に詳しい。

（★2）河合祥一郎訳『新訳　ハムレット』（角川書店、2003年）の「訳者あとがき」。南谷覺正、「ハムレットの第四独白の訳について」、群

馬大学社会情報学部研究論集、第15巻（2008年）、237-257頁。

（★3）Terence Hawkes, *Meaning by Shakespeare*（Routledge, 1992）の『夏の夜の夢』を扱った第2章が、「あるいは（Or）」と題されています。変身をめぐる話で、ポイントはまったく異なるのですが、注目すべきだという示唆を受けました。

第5章

「恋すれば頬がこける。でも、君はそうじゃない」

〜恋愛を夢見たときに〜

◉恋愛のロールモデルとして

恋愛に苦しむヒロインに焦点をあてるとか、ヒロインが活躍する劇が多いのが、シェイクスピアの特徴です。しかも、人生の見本のように、恋愛の姿を数多く見せてくれます。そのためか、少女小説の作家の多くが、昔からシェイクスピアからインスピレーションを得てきました。

オールコットの『若草物語』(1868) で、作者の分身のようなジョーは、『マクベス』のバンクォーの場面を演じたいと妹に訴えます。やはりバンクォー殺害の場面でしょうか。ジョーはゴシックや怪奇趣味が好きなので、この劇に飛びついたのです。

また、ジーン・ウェブスターが書いた『あしながおじさん』(1912) で、主人公のジョディは、大学の授業で習った『ハムレット』に感激します。どうやらレポートも書いたようです。そして、おじさんに宛てた手紙に、「オフィーリア　デンマークの王妃」とサインをしました。ハムレットとオフィーリアが結ばれると空想をした産物なのです。

日本でも人気の高いモンゴメリーによる「赤毛のアン」のシリーズの第三作『アンの愛情』(1915) で、アンは大学進学のお祝いにシェイクスピアの一冊本をもらいます。アンの宝物となり、小説執筆の意欲をかきたててくれました。さらにモンゴメリーは『ストーリー・ガール』(1911) という別の話で、『ロミオとジュリエット』が悲劇に終わったのが許せない、というエッセイを寄せる人物を登場させました。

少女小説の作家たちが愛読し尊敬しつつも、書き直したい欲求にかられたのが、シェイクスピア作品だったのです。なかでも恋愛悲劇の『ロミオとジュリエット』は別格ですが、これは悲劇なので、ジュリエットは短剣で自分の胸を貫いて死ぬ運命にありますし、『ハムレット』のオフィーリアも溺れて死ぬという運命なので、ジョディのように書き直したくなる気持ちもわかります。

他にも、結婚したばかりのデズデモーナ(『オセロ』)やコーディリア(『リア王』)など、悲劇ではヒロインはたいてい若くして死ぬので、共感の涙を流すだけで終わってしまいます。魂を浄化するというカタルシスは得ても、人生のお手本(ロールモデル)とはならないでしょう。

代わって自由恋愛のヒントを与えてくれるのが、逆境をはねのけ、思いをとげる喜劇のヒロインたちでした。『夏の夜の夢』のハーミア、『ヴェニスの商人』のポーシア、『お気に召すまま』のロザリンド、『十二夜』のヴァイオラ、『空騒ぎ』のビアトリスといったヒロインは、それぞれ個性が光ります。彼女たちは全員、自分たちが置かれた状況のなかで苦しみながらも、恋愛の難問の解決において能力を発揮します。しかも、ワンパターンの解法を提示しないのが、シェイクスピア劇の特徴なのです。

喜劇は、恋愛の成就、あるいは結婚で「めでたしめでたし」と終わるハッピーエンドが基本ですから、途中にハラハラドキドキするイベントが盛りだくさんのほうが楽しめます。ジェットコースターのような展開のはてに見せられる結末を、観客にどれだけ納得させられるのか、という点も作者の腕の見せどころです。もちろん、2時間ほどの長さの劇なので、シェイクスピアといえども、強引な技を使って幕をおろすこともあります。

ヒロインたちが活躍する劇は、「ラブ・コメディ」あるいは「ロマンティック・コメディ」つまり「恋愛喜劇」と呼ばれます。ところが、この「恋愛」という言葉は、明治時代に「恋」と「愛」という別の語を組み合わせて、「ラブ（love）」の翻訳として生み出されました。「恋」と「愛」はそれぞれ方向は異なり、さらに「性愛」とか「愛欲」という別次元の言葉も存在します。それまでの「恋しい」とか「愛（いと）しい」が、一方的に思いを寄せる行為だったのに対して、男女が相互に抱くひとつの理想状態として「恋愛」が提示されたのです。

恋愛は新しい観念で、日本に受容されるのには、それなりの歳月が必要でした。こうした新しい恋愛観に基づいて、大正時代には「自由結婚」とされたものが、第二次世界大戦後に「恋愛結婚」と呼ばれるようになります。それには、女性の側が対等の関係となる地位向上が必要でした。(★1)

「自由恋愛」のロールモデルとして、シェイクスピアのヒロインたちが考えられます。しかも、ここでの「自由」とは、福澤諭吉が『西洋事情』（1866-70）を執筆したときに、二つの単語（liberty, freedom）にあたるものとして選んだものでした。自由とは、古い束縛からの「解放」の意味と、「勝手気まま」という否定的な意味と、古くから日本でも二つの意味で使われてきました。両義性をもつ言葉なのです。

シェイクスピアの劇にも、「自由（free）」という語がよく出てきますが、やはり両義的です。『テンペスト』のなかに、「考えるのは自由だろう（thought is free)」というセリフが出てきます。これは道化が述べる言葉です。そして、魔法も捨てて島からミラノへ帰ることになったプロスペロが、「私を解放してください(set me free)」と観客に述べて終わるのです。プロスペロの宣言がシェイクスピアの休筆宣言だとみなされたこともありましたが、実際には『テンペスト』のあとにも劇を執筆しています。

福澤諭吉が考案した「自由」と同様に、「恋愛」が導入された100年以上前の20世紀初頭の日本で、シェイクスピアは大学生や若者の教養の一部となっていました。夏目漱石の『三四郎』(1908-09）には、福岡から上京して大学生となった小川三四郎が『ハムレット』を観る場面が出てきます。そして知り合いの広田先生が口にした「ハムレットのようなものに結婚ができるか」という点について三四郎は悩みますが、活字で読むと難しそうでも芝居で観るなら結婚できそうな気がすると考えます［第12章]。三四郎は別の席で観ている美禰子に心惹かれているのですが、友人と結ばれると思っていました。ところが、美禰子は見合いの相手と結婚してしまうのです。そして、「迷羊（ストレイ・シープ）」と三四郎がつぶやくところで小説は終わります。自由恋愛の難しさを語った小説といえるでしょう。

また、漱石の『三四郎』から影響を受けて書かれた森鷗外の『青年』(1910）にも、「シェエクスピイア」の話が登場します。主人公の小説家志望の小泉純一は、これから観ようとするイプセンと比べて、「今の青年に痛切な感じを与えることはむずかしかろう」と批判的な意見をもっています。Y（山口）県から上京する前に、純一が新聞で知ったのは、『オセロ』を神田駿河台の屋敷町を舞台に日清戦争の軍服で演じた東京での翻案物の公演でした［第9章］。純一が観るイプセンには、『人形の家』のように女性解放の思想が盛りこまれています。『三四郎』でも、イプセンはニーチェとともに新しい空気を感じさせるものと理解されていて、当時のトレンドでした。

恋愛結婚の対となるのは、見合い結婚で、そこには親が決めた結婚という意味も含まれていました（シェイクスピアにおけるヒロインと父親との戦いは次の第6章で考えます）。今では「自由恋愛」は当たり前ですが、家父長制の社会に新しい価値観が定着するのには、長い時間がかかったのです。

◉二段階承認の混乱

では、シェイクスピアの劇が、日本でも恋愛結婚が当たり前になり珍しさを失い、漱石や鷗外の時代よりも古びて忘却されたのかといえば、どうやらそんなことはありませんでした。今では、漱石や鷗外が賞賛したイプセン劇は上演される機会が減っています。イプセンの関心そのものを受け継いでアップデートした劇作家が台頭して後継者となっています。そして、反面教師や書き直す対象としてではあっても、シェイクスピアは今もヒントを与え続け、上演されています(★2)。

シェイクスピアの恋愛喜劇が魅力をもつのは、二段階の承認の関係をたくみに扱っているからなのです。第一段階の承認は、自分の気持ちを相手に伝え、相手からも理解や承諾を得ることです。これは「恋愛（ラブ）」の相互理解の状態を手に入れるのが目標となります。ヒロインからもちかける場合もありますし、逆にヒロインが気づかされることもあります。男女がお互い同時に気がつく、というラッキーな場合もあるかもしれません。
次に、恋愛関係に順調に段階が進んだとしても、社会の制度である結婚に向かうと、周囲、特にそれぞれの親に承認してもらえるのかが鍵となります。これが第二段階の承認となります。二つの段階の承認をめぐって混乱が生じ、なんとか無事に問題を「恋愛の成就＝結婚へ」へと解決するのが、恋愛喜劇の醍醐味（だいごみ）なのです。多くの人が身に覚えのある部分をもつからこそ、その設定に共感できるのです。

恋愛悲劇の『ロミオとジュリエット』のジュリエットの場合、第一段階の相互承認は、それほど困難を感じることなく到達できました。ロミオは仮面をつけて、ジュリエットが社交界デビューする舞踏会に参加したのですが、声からティボルトに素性がばれます。ロミオのお目当ては、自分が一方的に恋しているロザラインの顔を見るためでした。「恋愛」段階以前の片思いの段階で、彼女の窓の下をうろうろとしただけで朝を迎え、突破できませんでした。

ところが、踊りの輪のなかで知り合ったジュリエットとは、キスを交わす段階まで一気に進みます。ロミオにとっても、もちろんジュリエットにとっても新鮮な体験です。これは観客にとっても同様です。しかも巧妙に、ロミオはソネットという詩の形式を用いて、ジュリエットを聖堂や聖人にたとえ、自分を巡礼者とします。そして、踊りのように手を合わせるだけでは終わらずに、自分の罪を清めるお祈りには聖人との唇の接触が必要だ、という要求をします。ジュリエットが断らないのがポイントです。

ロミオ　じゃあ動かないで、ぼくがお祈りの効果を与える

間。さあ、これでぼくの唇から、君の唇のおかげで、罪が清められた。［キスをする］

ジュリエット　それじゃ私の唇にあなたの罪が移ってしまったわ。

ロミオ　あなたの唇に罪が？　おお、急いで奪わないといけない。ぼくの罪を元にもどしてください。［もう一度キスをする］［1幕5場］

二回のキスで、唇を通して、罪のやり取りをするのです。こうして二人は恋愛だけでなく、罪を分かち合うことになります。そして「恋愛＝罪」の共有が最後まで二人を苦しめるのです。

冷静に考えると、このキスがどこでおこなわれたのかは不明です。踊りの輪のなかではありえないはずです。映画などでは、柱の陰のように実行する場所が工夫されます。けれども、何もない舞台だからこそ、他の人が退場して周囲にいなければ、映画のスポットライトを浴びたように、二人だけの空間となります。このキスの後で、ようやく互いの素性を知ります。

ジュリエットの気持ちは、バルコニーの上での「おお、ロミオ、ロミオ、どうしてあなたはロミオなの（O Romeo, Romeo! wherefore art thou Romeo?)」というセリフで、ロミオにも観客にもわかります［2幕2場］。ロミオもロザラインのときには不可能だった本心を聞くことができ、すぐに返答するのです。こうして第一段階はあっさりと互いの承認に達しました。しかも、惹（ひ）かれ合ってから、相手の素性が明らかになったのです。この成功例によって、「互いに一目惚れ➡キスなどの肉体接触➡あとから素性が判明する」というルートが、理想の恋愛であると思われてしまった節もあります。でも、今度はそれが後世の恋人たちにとって一種の束縛となってしまうでしょう。

ところが、ロミオとジュリエットは、社会に承認される第二段階になって追い詰められます。ロレンス神父という宗教者のもとで、秘密結婚をするのですが、これを世間や親に認めさせるのが難しいのです。ジュリエットには親が決めたパリスとの結婚が迫り、ロミオも結婚の事実を教えることができない敵のティボルトとの争いで殺してしまい、追放刑を受けます。

こうしてロミオとジュリエットは第二段階で悩み、両親や周囲への情報開示に失敗し、悲劇へとつながっていくのです。ロミオには、ハムレットにとっての親友ホレーシオにあたるベンヴォーリオがいたのですが、途中で消えてしまいました。また、ジュリエットには同世代の友人が一人もいません。二人は誰にも相談できずに、自己判断で最後の場面へと突き進むことになるのです。

ロミオとジュリエットが悩まずにすんだ第一段階で悩むヒロインの究極ともいえるのが、相手への告白が厄介な状況が設定された、ヒロインの「異性装＝男装」に基づく『お気に召すまま』のロザリンドと『十二夜』のヴァイオラでしょう。他にも男装を扱った劇をシェイクスピアは書いていますが、とくにこの二つの作品では、自分の思いを伝えたい相手のそばにいながら、男装をしているせいで、相手が自分のことを認識してくれず、当然自分の本当の気持ちをわかってもらえないのです。そうした困難な状況下のヒロインが、いちばん身近にいる相手に告白できず、承認もされないことで悩んでいる姿が、多くの女性たちに共感されてきたのです。

◉異性装の新しい意味

ロザリンドとヴァイオラの苦闘と問題を解く方法をたどる前に、「異性装」が（ここでは男装ですが）現代において、どのような可能性をもつのかを考えてみます。シェイクスピアが活躍した時期から400年経つと、じつは異性装に広い可能性が含まれていたことがわかります。

シェイクスピアの時代には、女性役を声変わり前の少年が演じていました。『夏の夜の夢』にフルートという職人が登場します。彼は素人芝居の役者で、名前どおりに甲高い声をしているので、女性役なのです。本人は若い遍歴の騎士を演じたいと考え、「女なんか演じたくないよ。ひげが生えてきたんだ（I have a beard coming.)」と台本を書くクインスに訴えたのです［1幕2場］。結局その訴えは却下され、シスビーという女性役を割り当てられてしまいます。

ジュリエットもオフィーリアも、少年俳優が演じていた、と知るとそれだけで驚く人もいるかもしれません。女性を表現するのに少年俳優を使うのは、現在のように女性の役者が女性を演じるのが当然、と考える時代には古いやり方に思えます。

たしかに、日本にも女性を「女形（おんながた）」と呼ばれる役者が演じる歌舞伎とか、祭りでの「お稚児（ちご）さん」とかあります。けれども、伝統芸能や古い祭礼の形式でしょう。実際、現在シェイクスピア劇では、オール男性キャストはあっても、女性役が10代前半の少年俳優によって演じられることはまずありません。当時も、少年俳優は徒弟制で、先輩の役者のもとに住みこみでセリフ回しなどを訓練していたのです。

興味深いことに、シェイクスピアと同時代にあたる400年前といえば、日本では出雲（いずも）の阿国（おくに）が慶長年間（1603から07年ごろ）に活躍しました。これが歌舞伎の出発点とされますが、その後女性だけが踊ると風俗を乱すというので1629年（寛永9年）に幕府に禁止されます。

そして、今度は「若衆歌舞伎」と少年俳優に近い者たちが女装して踊ったりするのですが、それも異常な人気で、男性ファンによる刃傷（にんじょう）ざたがあり、1652年（承応元年）に、やはり幕府に禁止されます。そして、結局ひげやすね毛が生えた男たちが演じる「野郎歌舞伎」と呼ばれる現在の姿になったのです。

これに対してイギリスでは「女優」が1660年の王政復古後に定着し、少年俳優はいなくなりました。少年俳優をめぐっては、現代的な「LGBTQ」のセクシュアリティの観点から歴史的な研究もされ、当時のようすがあきらかになってきました。

少年俳優を利用したシェイクスピアの男装の扱いは、当事者以外にも参考となる要素が含まれています。少年俳優が「女性」を演じ、さらにその女性が「男性」を演じるわけです。ロザリンドやヴァイオラは男装を通じて、自分の恋しい相手の心を操作したり、あるいは自分が思いを向ける相手の本心をひそかに知るのは、倫理的な問題があるかもしれませんが、隠れた願望として現在でもおこなわれています。

インターネットやSNSで、文字どころか画像や映像においてさえも、どのような人物なのか不明のまま会話がおこなわれることは珍しくありません。顔かたちも、対面で会わない限り判別がつきません。「仮想空間」や「メタバース」とも呼ばれる空間において、アバターでしめされる姿とか、メールやメッセージをやり取りしている相手が、はたして本当は誰なのか、ましてやその本心はどういうものかの判別は難しいものです。

メディア空間のなかで、ジェンダーや人種や民族を装うことは、古くからある問題なのです。演劇は、役者が他人を演じる、というアナログなメディア空間です。ですが、現在のデジタルなメディア空間では、機械学習の成果などによって簡単に補えます。表情や容姿だけではなく言動を「盛ったり」「偽ったり」するのは珍しくありません。それだけに「素顔」を知りたくなります。

しかも、装っている相手は「人間」ですらないのかもしれません。1950年に、アラン・チューリングは、話している相手が、はたして人工知能なのかを判別する「チューリング・テスト」を発表しました。そのもととなったのは、「模倣ゲーム」というもので、隣の部屋にいる人物が、はたして男か女かを声だけで判別できるのか、という内容だったのです。[★3] それは声の異性装だったのです。

こうして見てくると、『お気に召すまま』や『十二夜』には、異性装を通じて、ジェンダーやセクシュアリティさらには人種や民族などの属性はどういうものかを問い直す契機が含まれています。女優を前提とした劇では、女性を女性が演じる上での問いかけまでは含まれていません。

◉ロザリンドの作戦

『お気に召すまま』のロザリンドは、前の公爵の娘ですが、公爵の弟で現公爵フレドリックに宮廷からの追放を言い渡されます。ロザリンドは追放された父親がいるアーデンの森へと向かうのですが、その際に男装してギャニミードとなります。彼女に同情した従妹のシーリアもいっしょなのです。宮廷でロザリンドが一目惚れをして首飾りも与えたオーランドは、やはり兄に殺されそうになり、アーデンの森に逃げてきていました。森を舞台にした牧歌劇となります。

ロザリンドたちは、森の木々に、オーランドが書いた詩によるラブレターが貼り付けられているのを目にします。そしてロザリンドは、男装したギャニミードとしてオーランドに近づきます。オーランドから恋の悩みを直(じか)に打ち明けられます。恋の相手はもちろんロザリンド本人ですが、オーランドは「治療法を教えてくれ」と頼みます。その際に、ロザリンドは叔父から教わったとする恋する男の「兆候(マーク)」が見当たらないと指摘して非難します。

> 頬が痩(こ)ける。君はそうじゃない。目に隈(くま)ができて窪(くぼ)む。君はそうじゃない。口を利(き)くのも億劫(おっくう)になる。君はそうじゃない。ひげは不精になる。君はそうじゃない。でも、それは良しとしよう。君のひげの生えぐあいは、年下の弟くらいのささやかさだからね。そして、靴下はガーターもつけず、帽子はあご紐(ひも)もなく、袖(そで)のボタンもとめないし、靴の紐は解けていて、あらゆるものが、注意散漫で惨めな状態となる。でも、君はそんな男に当てはまらない。[3幕2場]

ロザリンドはオーランドには真剣みが足りなくて、恋人の資格がないと責めます。「君はそうじゃない（you have not）」とか、「靴下どめがない（ungartered）」といった否定形が連続し、オーランドは追い詰められます。

ロザリンドが顔色以外に服装に関して言っているのも興味深いところで、男装を守るためには男性の身なりの規範を守らないといけないわけです。「ロザリンドを愛しているなら、もっと恋のメランコリーに囚われているべきだ」と責め、それに加えてロザリンドはラブレターだけでは足りず、自分をギャニミードではなくて、ロザリンドだと思って口説く練習をしろ、と誘うのです。これは、オーランドから見るとリハーサルなのですが、あくまでもロザリンドにとっては本番なのです。

演劇がもつリハーサルの重要性をシェイクスピア劇は強調します。『夏の夜の夢』では「ピラマスとシスビー」というドタバタ劇のリハーサルから本番まで見せられます。『ハムレット』でも、ハムレットは、旅回りの劇団の演目を選び、脚本に加筆させ、さらに本番へと向かわせます。しかし当たり前ですが、それが舞台で演じられるときには本番です。人生には、時間の流れを完全に止めた予行練習はありえません。本人がリハーサルのつもりでも実際には本番なのです。

しかも、ロザリンドは恋のリハーサルとして、オーランドの態度から言葉つきまでを指導するのです。その際に、ロザリンドの役を演じるギャニミードを演じるロザリンド、という複雑な設定を少年俳優が演じたわけです。森のなかの牧歌劇という一見素朴な設定において、人工的な演技がおこなわれるのです。それを通じてロンドンの劇場や、宮廷や、貴族の館という上演される場所が森となります。

ロザリンドは、自分がいちばん聞きたい言葉を恋する相手に言わせるわけです。男どうしと思われているからこそ、ロザリンド＝ギャニミードが恋の悩みの相談を受け、逆にアドバイスまでおこなうのです。ロザリンドの正体を見抜けない間抜けなオーランドを相手に、ロザリンドがハッピーエンドへとつながる誘導をしていくことが観客の笑いを誘います。

ところが、ロザリンドの男装が上手になると、彼女をギャニミードだと思いこむ女性が登場します。フィービーという羊飼いの娘が、ギャニミードとしてのロザリンドを恋するようになります。恋の行き違いが複数生じるのです。しかもフィービーにはシルヴィアスという羊飼いの若者が愛を寄せています。近所の幼なじみよりも、よそから来た目新しい人物に惹(ひ)かれてしまうパターンなのです。こうして錯誤が生じます。

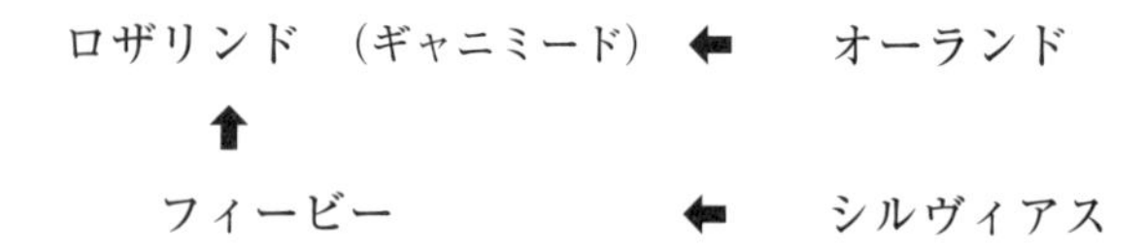

コメディはこうした図式的な混乱した人間関係を機械的に解いていきます。それは、ハッピーエンドへと向かうためです。ふつう男女はペアとなって、最終的に結ばれることでバランスがとれるのです。

『お気に召すまま』の最後では、現公爵は森の隠者に会って今までのことを悔い改め、王冠と領地を兄へと返却します。そして、弟のオーランドを殺そうとまで思った兄オリヴァーは、森のなかでシーリアと出会い、彼女へ求愛をするのです。つまり、最終的には四組のカップルが成立します。それにはフィービーが、男のギャニミードは女のロザリンドだと了解し、同時に、オーランドが、ロザリンドを演じるギャニミードはやはり本物のロザリンドだ、と了解する必要があります。

このような複数の混乱を鎮めるには、裁判のような理性的な方法や議論では難しいので、何か仕掛けが必要となります。それが虚構による「ご都合主義」なのです。牧歌劇の先行作となった『夏の夜の夢』では、シェイクスピアは「惚（ほ）れ薬」という仕掛けを利用しました。目を開けて最初に見た異性に心を奪われるという効能をもっています。惚れ薬は混乱を招きますが、その効果が消えるときに、錯誤はなくなるのです。

『お気に召すまま』では、結婚の神であるハイメンを登場させ、今までの混乱を解決するのです。こうしたご都合主義で働くものは「デウス・エクス・マキナ（機械仕掛けの神）」と呼ばれます。力技であり、強引に幕を引くわけです。それにしてもギリシアの結婚の神による解決というのは、かなり急転直下の方法です。シェイクスピアの当時に流行した「仮面劇」という豪華な舞台装置やコスチュームに凝（こ）った見世物劇の影響があるとはいえ、派手な盛り上げのうちに終了します。こうした「勢い」も芝居の魅力の一部です。

◉ヴァイオラの作戦

『お気に召すまま』は牧歌劇で田園劇でした。そこで、森そのものがもつ雰囲気や、最後にはハイメンという超自然的な力を利用できました。けれども、舞台が都会のような表面的には合理的な論理が張り巡らされている状況では、解決はそう簡単ではありません。しかも、ロザリンドは叔父からの追放の宣言を、自分の自由への宣言と自力で読み替える力をもっていました。ロザリンドとは異なる状況なので、別の解き方が必要になったのが、『十二夜』のヴァイオラでしょう。同じ異性装といっても、与えられた条件はかなり異なります。いわば難問の別解というわけです。

アドリア海にあるイリリアを舞台に展開しますが、森のなかではありません。乗っていた船が難破して、ヴァイオラはイリリアに漂着します。じつは海で別れたセバスチャンという双子の兄がいるのですが、これが今回の劇を解決する鍵となります。ヴァイオラは難破した船の船長にオーシーノ公爵と伯爵令嬢のオリヴィアの話を聞きます。

最初は亡くなった父親や兄のことを思うオリヴィアに仕えようとするのですが、船長に難しいと助言され、シザーリオに変装して、オーシーノの小姓となります。ヴァイオラは自分が恋しい相手のいちばん身近につねにいるわけです。しかもヴァイオラはオーシーノがオリヴィアへ求婚するための使者となるのです。一番やりたくない役を演じなければならないわけなのです。

『十二夜』の人物関係は、『お気に召すまま』の設定とは異なるので、当然ながらヒロインの課題も異なります。

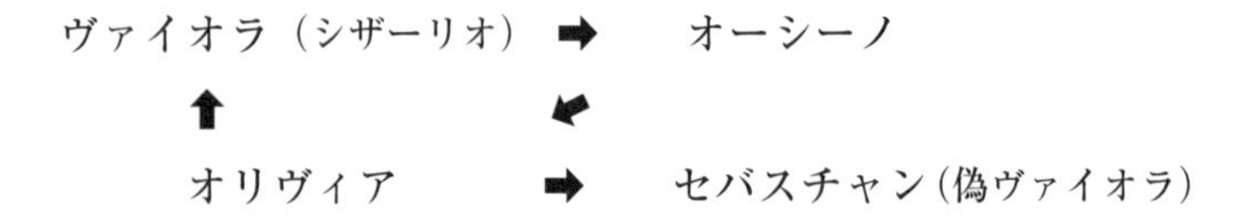

ヴァイオラ、オーシーノ、オリヴィアの間に三角関係があり、それはこのままでは解けませんし、解けたときにしこりが残ります。そこで、ペアを用意するという定石通りに、オリヴィアにはヴァイオラの双子の兄であるセバスチャンを用意するのですが、シザーリオへの恋慕がその予行演習となっています。

『十二夜』のヴァイオラは、「小姓（boy）」として恋人に仕える立場に置かれて、自分の恋心をオーシーノへ語れないという閉塞感が増しています。オーシーノは、恋心に苦しむのは男だけだと考え、しかも、飽きて別な女に目移りするのだと言います。シザーリオに心を許して本音を語っているのです。恋しているのだろうとオーシーノに問われると、オーシーノと同じくらいの年齢の相手だと言うと、「年上はやめておけ」と忠告されます。シェイクスピア自身が、8歳年上のアン・ハサウェイと「先に子どもを授かった結婚」をしたことを考え合わせると皮肉めいて聞こえます。

さらに、女性が男と同じくらい真心を抱いていると自分はわかっている、とヴァイオラは言います。それをシザーリオという男性として語るのがポイントです。もちろんオーシーノは驚きます。

ヴァイオラ　ええ、でもわかるんです。
オーシーノ　お前がわかるって？
ヴァイオラ　女性が男に対してどんな愛を抱いているのかをとてもよく。実際、女性はぼくたち男と同じくらい真心をもっていますよ。父には男を愛している娘がいました。おそらく、もしもぼくが女だったなら、ぼくがあなたに捧(ささ)げるのとおなじくらいの真心をもっていました。
［2幕4場］

自分のことを友達や知り合いに仮託して語るというのは、今でもよくあるやり方でしょう。「男を愛している娘」と姉妹めかしますが、もちろんヴァイオラ本人を指しています。ヴァイオラは、このように仮定をうまく利用し、自分の知り合いの話のふりをして、本心を打ち明けます。そうしてオーシーノがどのように反応するのかを確かめます。

ジュリエットと同じくヴァイオラには相談する相手はいませんでした。ロザリンドには、従姉妹のシーリア、さらには道化のタッチストーンという対話の相手がいました。ロザリンドは苦悩を綿々と独白する必要はなかったのです。ヴァイオラは自分で考え、解決する必要がありました。

オーシーノは、ヴァイオラをあくまでも「小姓」としてしか見ていませんでした。ヴァイオラとセバスチャンが並ぶことで、双子であることが自明になります。それを見て「顔もひとつ、声もひとつ、物腰もひとつ、でも二人の人間だ。自然が生んだ鏡であり、どっちがどっちなのだ」とオーシーノは声をあげます。

彼はオリヴィアがセバスチャンと結ばれたのを見届け、最終的にヴァイオラを女性として認めるのですが、ヴァイオラはあくまでも男の姿をしてシザーリオになったままです。手を差し出すと、「今からお前の主人の伴侶だ（you shall from this time be your master's mistress.）」と、もって回った言い方をして承認します。

これはヴァイオラが「男を愛している娘」と述べたことに対応しているのです。ヴァイオラはオーシーノの本心を理解しているし、オーシーノは自分の本心をヴァイオラにすでに聞かれているので、恋愛の承認と結婚の承認が同時にクリアされたわけです。ただし、幕が下りるときに、道化のフェステによって、「人生は雨風が続く」というその後の苦難を暗示する歌が歌われるのです（コラム②を参照してください）。劇は結婚やその予兆で終わったとしても、人生はまだまだ続くわけです。

◉愛の裏切りと許し

『お気に召すまま』も『十二夜』も、第一段階さらには第二段階もクリアして、ロザリンドとオーランド、ヴァイオラとオーシーノは結婚というハッピーエンドを迎えます。けれども、シェイクスピアには恋愛をめぐる別のパターンが存在します。裏切りや錯誤によって、結婚が破綻(はたん)しそうになる場合や、順調に続いていた結婚生活そのものが破綻する場合です。どちらも最終的に関係は修復されるのですが、それに至る道は平たんではありません。

まず注目すべきは、『空騒ぎ』です。そのなかで、第一段階から第二段階へと向かう途中での試練が、シチリア島のメッシーナを治めるレオナートの娘ヒアローというヒロインに訪れます。戦場から帰ってきたアラゴン大公ドン・ペドロとともに、フィレンツェのクローディオがやってきます。クローディオはヒアローに惚れたのですが、求婚の手続きをドン・ペドロに任せました。

陽気な兄ドン・ペドロのことを嫌悪する異母弟のドン・ジョンは、結婚の邪魔を企んで、兄がヒアローを愛しているとクローディオに誤解させたり、さらにヒアローがじつはボラーチオという男と恋愛関係にあるという偽の場面を見せたりします。相手の女性（ヒアローの侍女）の姿を見えないトリックに、クローディオたちは騙(だま)されました。現在なら、さしずめ合成したフェイクの画像や映像を利用したようなものです。

そして、クローディオは、いちばん効果的な場面を狙って、教会での結婚式の当日に、神父にこの女性と結婚をするかと問われて、「いいえ（No）」と拒否します［4幕1場］。

結婚に「異議」が挟まれることで中断するのは、由々しい出来事です。たとえば、シャーロット・ブロンテの『ジェイン・エア』(1847）で、ジェインは領主のロチェスターと結ばれるはずでしたが、結婚式当日にロチェスターには植民地で結婚した妻がいて、しかも館の屋根裏部屋に隠されていることが明らかになります。

重婚は重罪です。ジュリエットとパリスの結婚式に、すでに秘密結婚をしたロミオが登場したような衝撃なのです。第二段階の社会の承認が得られるはずはありません。ジェインは失意のうちにそこから立ち去ります。ロチェスターへの愛が「シンデレラ・ストーリー」に思えたジェインにとっての試練となり、そこから立ち直り、二人の関係が新しく築かれていく後半三分の一によって、この小説は文学史に残る傑作となったのです。

クローディオによる結婚の拒否というのは理由も含めて身に覚えのないことなのですが、ヒアローは意識を失います。そして父親たちは、彼女が失意から死亡したとクローディオに告げます。この難題の解決に、もう一組のレオナートの姪のビアトリスと、パデュア出身のベネディクという二人が必要でした。頭文字が「B」で共通し、「ジャック＆ジル（Jack and Jill)」などと同じく結ばれる運命にあることが決定しています。

ある意味で、こちらがメインともいえます。二人は顔を合わせると口げんかになり、「けんかするほど仲が良い」の例のように、二人の気が合うことが当人たちは気づいていません。そこで周囲が結びつけるようにお膳立て（ぜんだて）をするのです。ヒアローとは別の恋愛の軌跡をたどることで、この劇は恋愛での複数の可能性をしめしているのです。

シェイクスピアの喜劇では、このように二組以上の恋人たちを扱い、それぞれのあり方をお互いに対比させます。話に賑(にぎ)わいを与えるためではなくて、筋がもつれて、恋人たちが平素では見せなかった本心が浮かび上がる仕掛けとなっているのです。恋人たちが、二人だけで向き合う世界に閉じこもるのではなく、他の恋愛のパターンが見えるのです。『お気に召すまま』でも、ロザリンドの脇にシーリアの筋があり、さらにフィービーの筋もあります。『十二夜』でも、ヴァイオラはオリヴィアに言い寄られ、それがセバスチャンとつながっていきます。

複数の恋愛の流れがあると、どうしてもメインとサブと見られがちですが、どちらが上位とは簡単にはいえないのです。そのため、悲劇や歴史劇のタイトルでは『ハムレット』『マクベス』『リチャード三世』『ヘンリー五世』のように人名が主となるのに対して、喜劇は『恋の骨折り損』『お気に召すまま』『十二夜』『空騒ぎ』と登場人物名がタイトルに入ってきません。

悲劇のようにタイトルのキャラクターの内面を掘り下げるよりも、複数の人間関係を描くことに主眼があり、そうした関係が生み出される場や空間が重視されているのです。そのため喜劇の内容を思い出そうとすると、悲劇と比べて主要人物の名前がすぐに出てこないという難点もあります。

『空騒ぎ』でも、第一段階にようやく達したビアトリスとベネディクですが、ヒアローが教会で拒絶されるという事態に、いきなりベネディクに試練が訪れます。ビアトリスは従妹の名が汚されたことを激怒して、クローディオへの復讐を求めるのです。

ビアトリス　私も心の底からあなたを愛していて、邪魔するものなんか何もないの。

ベネディク　じゃあ、何でも君のためにするので、命令してくれよ。

ビアトリス　クローディオを殺して。

ベネディク　はあ、世界のためでも、それはできないよ。

ビアトリス　拒否するのは私を殺すようなもの。さよなら。

［4幕1場］

ベネディクは、「私の剣にかけて」と口にするほどには剣の腕はないので、究極の選択を迫られてしまいます。ビアトリスの言葉に従って愛を得ても、クローディオに返り討ちに合って死ぬかもしれないわけです。この「クローディオを殺して（Kill Claudio.）」は、おそらくシェイクスピアが書いたなかでも短くて強烈なセリフの一つでしょう。結局ベネディクはクローディオにヒアローの汚名を晴らすために決闘を申しこむのですが、冗談だとして軽くあしらわれてしまいます。

最終的にはヒアローを陥れた犯人が発覚して、汚名はそそがれます。そして、別人として蘇(よみがえ)ったヒアローが登場し、反省したクローディオと結ばれます。ロザリンドやヴァイオラのように異性装によって二つのキャラクターに分裂したのとは異なる展開です。一度死んで蘇るというのは、ロレンス神父がジュリエットに対しておこなった薬を使った蘇生に近いでしょう。ビアトリスのほうも、とりあえずクローディオに決闘を挑んだベネディクを許して結ばれるのです。こうして二組の恋人たちには結婚という第二段階の承認が成立するのです。

◉結婚の試練と蘇る愛

『空騒ぎ』は、第二段階の承認を得ることで、とりあえずハッピーエンドに着地しました。当たり前ですが、その段階を超えた結婚状態にあっても、恋愛の試練は訪れます。後期のロマンス劇『冬物語』に登場するシチリア王レオンティーズと、王妃ハーマイオニーに与えられた試練でした。レオンティーズは二人の間の妻とボヘミア王とが不倫をしているのではないかと疑います。

その嫉妬心による追求のなかで、二人の間の息子マミリウスを亡くし、さらに生まれたばかりの娘ポーライナと、そしてハーマイオニーを失います。実際には二人の女性は生きていました。不倫の子とみなされて殺害されるところだったポーライナは、殺されずにボヘミアの海岸に放置されて、羊飼いに育てられ、ハーマイオニーは侍女によって密(ひそ)かに生き延びていたのです。

タイトルになった冬物語とは幽霊物語のことです。日本とは異なり、冬が幽霊話の本番です。『ハムレット』の亡霊が出てくるのも寒い冬のデンマークの王宮であることを思い出すべきでしょう。『ハムレット』を意識したディケンズの「クリスマス・キャロル」も、もちろん冬を舞台にしています。

結婚後に愛の試練を受けるハーマイオニーは、J・K・ローリングの『ハリー・ポッター』シリーズに出てきた努力家の魔女ハーマイオニー・グレンジャーともつながる名前です。もちろん、ネーミングの際に、ローリングの念頭にシェイクスピアの劇があったはずです。

「失われたものと見出されたもの（lost and found)」といえば、駅や空港などの落とし物係のことです。失くした物を探しに、あるいは誰かが失くした物を届ける場所です。この組み合わせは、シェイクスピアの喜劇を考えるときにヒントとなります。

『冬物語』では、失われた娘を見出し、失われた恋愛を夫であるレオンティーズとの間に回復します。問題は見出されたものが完全に同じではないことです。つまり、死者が幽霊としてではなくて、生者として蘇るときに、ポーライナは立派な娘に成長して、ボヘミアの王子と結ばれます。ハーマイオニーもレオンティーズを呪うわけではありません。

愛の逸脱である嫉妬心と猜疑(さいぎ)心によって、失われて回復された最大のものは、レオンティーズとハーマイオニーの国王夫妻の間の信頼関係、つまり恋愛そのものの持続でしょう。死んだとされて、蘇るのは、『空騒ぎ』のヒアローにも通じます。そして、ハーマイオニーの姿は、まず生前の姿をかたどった影像として披露されます。それが動いて一歩を踏み出すと、レオンティーズは、駆け寄って抱きしめて思わず言います。

> おお、ハーマイオニーは温かい。これが魔術というのなら、食べることと同じくらい法にかなった技だとみなせる。
> [5幕3場]

二人は再会し、そして和解するのです。レオンティーズが感じるハーマイオニーの体の「温(ぬく)もり（warm)」は、ジュリエットが死んでしまったロミオの唇に感じた「あなたの唇、まだ温かい(Thy lips are warm.)」とは異なり、「死」から蘇って生きている者の温もりです。それが、息子を失い、娘の行方が不明となった夫婦に、ひとつの希望をもたらしてくれます。

このように恋愛の試練から和解まで数多くのパターンが描かれています。『お気に召すまま』では、ハイメンという神によってロザリンドはギャニミードから解放されました。『十二夜』においては、ヴァイオラはセバスチャンという双子の兄がいたことで、シザーリオから解放されました。『空騒ぎ』では、ヒアローは一度死んだとされ、同じ本人とクローディオは結ばれることになるのです。やり直しが強調されます。さらに、『冬物語』では、死んだと思われていたハーマイオニーが、幽霊としてではなく、彫像から生きた姿へと戻るという形で再び登場し、夫と和解します。ただし、そこには息子の喪失という代償がありました。

こうした形で恋愛の試練が報われることがある、とシェイクスピアはしめしています。このままでは苦しみの渦中にいる人のヒントにはならないかもしれませんが、「自由恋愛」の多様な姿をしめすことで、今も「自由（freedom）」と「恋愛（love）」がもつ意味を考えさせてくれるのです。

（★1）山根宏「「恋愛」をめぐって　明治20年代のセクシュアリティ」『立命館言語文化研究』19巻4号（2007）315-332頁。

（★2）現代イギリスの劇作家ルーシー・カークウッドによる『ザ・ウェルキン』（2020）は、18世紀の殺人犯とされるサリーが妊娠しているかどうかを女性陪審員たちが判定する劇でした。ハレー彗星が大きなイメージをもち、翻訳された現行の上演台本では削除されましたが出版された版では、『ジュリアス・シーザー』でカルパニアが述べた「物乞いが亡くなるとき、彗星など出現しない」というセリフが引用されていました［2幕2場］。平凡な女性であるサリーが死ぬときに彗星など出現しないというわけです。では、空に訪れているハレー彗星は何の予兆なのか、というのが劇の主題となっています。

そして、女性の犯罪者は妊娠を理由に刑が軽くなり、執行が延期される特例がありました。これもシェイクスピアの『ヘンリー六世・第一部』に出てきます。ジャンヌ・ダルクが捕えられて、魔女として火あぶりになるときに、じつは妊娠していると訴えます。真偽は不明なのですが、彼女を捕らえたイングランドの男たちは嘘だとして処刑してしまいます。この展開をカークウッドは踏まえています。シェイクスピアが語り残した部分を広げているのです。劇の舞台もノーフォークとサフォークの州境となっていますが、ここは17世紀には魔女狩りが盛んな場所だったので、偶然選ばれたわけではないようです。

（★3）チューリングの模倣ゲームについては、A. M. TURING "COMPUTING MACHINERY AND INTELLIGENCE" *Mind*, Volume LIX, Issue 236, October 1950, Pages 433–460, https://academic.oup.com/mind/article/LIX/236/433/986238

コラム②

人生のとらえ方

『お気に召すまま』と『十二夜』には、シェイクスピアの人生観を表しているとみなされてきたセリフと歌がでてきます。その意味でも二つの劇は深い関係をもっています。

『お気に召すまま』では、アーデンの森のなかに前公爵が隠遁しています。そのお付きであるジェイクイズが、２幕７場で、前公爵が「世界は劇場だ」と言ったのに対して、有名な「人生七段階説」を唱えます。

> 全世界は劇場で、男女もみな単なる役者だ。出番と退場とがある。人生でひとりの男がたくさんの役を演じる、全部で七つの段階を。第一は幼児の段階で、乳母の腕のなかで泣いたり乳をもどしたりする。次にめそめその小学生の段階。カバンを肩にかけて顔は朝日に輝いても、学校に行きたくないのでカタツムリのようにノロノロ向かう。そして恋人の段階、かまどの火のようにあえぎ、恋人の眉毛に捧げる嘆きの詩を書いたりする。さらに、兵士の段階だ。奇妙な誓いでいっぱいとなり、ひげ面となり、名誉に嫉妬し、いきなり喧嘩(けんか)をはじめ、泡沫(ほうまつ)のような名声を求めて、キャノン砲の口の中にも入りこむ。それから判事の段階。賄賂(わいろ)でもらった上等の鶏のおかげで腹はまん丸とふくれ、目つきは鋭く、ひげも切りそろえ、英知の格言

や現代の例を口にしては、自分の役目をつとめている。第六段階は痩せてスリッパをはいた道化役者。物持ちが良くても、若いときのズボンは、縮んだ体にはブカブカとなる。男らしかった大声も、子どものように震えて、かん高く、ヒーヒーという音ばかり。この奇妙な出来事に満ちたお話を終わらせる、すべての最後の場面では、第二の子どもとなり、忘却があるばかり。歯なし、目なし、味なし、すべてなし。

男女と言いながらも、「幼児」「小学生」「恋人」「兵士」「判事」「道化役者」「死期」と例にあがっているのは、あくまでも男性ですが、幼児から老衰までの当時のライフステージがみごとに表現されています。日本でも「還暦」とか「本卦還り」とあるように、老齢とともに五感も衰え、幼児に戻っていくという人生観は、今でも共感を得るでしょう。そのためよく引用されます。「すべてなし (sans every thing)」というのは、ハムレットの最後のセリフである「あとは沈黙 (the rest is silence)」とも響きあいます。

『十二夜』は、道化のフェステによる歌で幕が下ります。『お気に召すまま』で道化のタッチストーンはオードリーという田舎の娘と結ばれました。けれども、フェステは恋人たちが結ばれたあとで、物悲しいメロディの歌を歌います。

おいらがちっぽけな子どものころには、ヘイ、ホウ、雨と風だらけ
愚かなことなんてちっぽけなものだけ、だって雨は毎日降っている
でもおいらが大人になるころには、ヘイ、ホウ、雨と風だらけ
悪党や盗人が門の外にごろごろいて、だって雨は毎日降っている
でもおいらがついに妻をもつころには、ヘイ、ホウ、雨と風だらけ

ほら話では腹はふくれない、だって雨は毎日降っている
でも病の床にお世話になるころには、ヘイ、ホウ、雨と風だらけ
頭は酒で酔いつぶれている、だって雨は毎日降っている
この世の始まりはずっと前、ヘイ、ホウ、雨と風だらけ
でもそれだけのこと、お芝居はおしまい、毎日皆さまを喜ばすお務めだけ。〔5幕1場〕

ジェイクイズの七段階説では、平穏な一生が語られますが、フェステの歌のほうは、たえず吹きつける世間の雨と風のせいで、大人になるに従いひどくなるという内容です。生きていくためには多少悪いことを重ね、どうやら深酒で一生を終える人生のようです。「ヘイ、ホウ、雨と風だらけ」という同じ一節がある歌をリア王の道化がうたいます。こちらは荒野のなかで、本物の嵐がリア王と道化を襲っていました〔『リア王』3幕2場〕。吹きつける嵐に向かってリア王が呪うように、フェステも呪いたいのかもしれません。ここでのリア王のセリフや「明日が、明日が、明日が」と、マクベスが語る迫りくる運命についてのモノローグも印象に残るものです〔『マクベス』5幕5場〕。

シェイクスピア劇のあちらこちらにある人生についての感慨や意見を比べてみるのも、興味深いものです。劇の流れをたどって、それぞれのキャラクターの運命について知ったあとでセリフの意味を考えると、多くのことを考えさせられると思います。

第③部

家族関係に苦しむとき

第6章

「お父さんが私の目で見てくれさえすれば」

～娘が父親から逃げたいとき～

◉父と娘を描くシェイクスピア

ヒロインの恋愛が社会的に承認され、結婚に至るのが理想ですが、そこには難関が待ち構えています。そのときにヒロインと対立するのが親、とりわけ父親です。自由恋愛を貫こうとするときの最大の障害となります。そして、どのように、その障害を克服するのかが、観客や読者の楽しみとなるわけです。

シェイクスピアは父と娘の関係を多くの作品で描いています。四大悲劇のなかでも、すぐに思いつくのが、『ハムレット』の侍従長ポローニアスとオフィーリア、『リア王』のリアと三人の娘たち（ゴネリル、リーガン、コーディリア）、『オセロ』の上院議員ブラバンショーとデズデモーナといった父娘です。

父と娘への関心には、当時の時代的な好みも映し出されているのでしょうが、それ以上にシェイクスピア自身の生涯と重なるように思えます。シェイクスピアには二人の娘、長女スザンナと次女ジュディスがいました。三人の子どものうち、息子のハムネットが11歳で亡くなったのに対して、スザンナは66歳、ジュディスは77歳まで生きています。52歳で死去した父親よりも長生きで、この頃としてはもちろん、現在でも早死にしたとはいえません。

ロンドンで活躍をして故郷ストラットフォードを離れて暮らしたシェイクスピアが、娘たちとどれほど親密に暮らしたのかは不明ですが、子どもの成長や結婚に至る紆余曲折(うよきょくせつ)を、折りに触れて見たり聞いたりしたはずです。

1597 年には故郷ストラットフォード・アポン・エイヴォンに住まいとしてニュー・プレイスという地所を購入しました。1602 年の後から、ペストが流行したロンドンでは劇場封鎖が何度もおこなわれたので、地元で劇作をしながらロンドンと往復していたと推定されています。ある記録から、ロンドンで部屋を借りていたこともわかっています。貴族が田舎の領地に豪華なカントリーハウスを、ロンドンに短期滞在用のタウンハウスをもつようなものでしょう。

長女のスザンナは医師のジョン・ホールと 1607 年に結婚しました。二人には、シェイクスピアの孫にあたるエリザベスが翌年に生まれました。次女のジュディスが 1616 年 2 月にワイン商のトマス・クイニーと結婚すると、その 4 月にシェイクスピアはこの世を去りました。当時の日付はすべてユリウス暦という旧暦に基づきます。10 日プラスすると現在の日付となります。

父親として二人の娘の晴れ姿、さらに孫の顔も見ることができ、幸せな人生だった、といえます。作家の実人生がそのまま作品に表現されるわけではありませんが、父と娘との関係に思い入れがあっても不思議ではありません。

ただし、作品に出てくる父親は、娘に対して強圧的とか短気だとか、少なくともあまり良い父親像をしめしていません。悲劇においては、父親が娘に忠告し、行動を制限することが、悲劇の度合いを増大するのです。そして、娘たちのほうも、たいていは父親に反論せずに従うことで、さらにむごい運命をむかえます。

しかも、彼女たちは、主人公であるタイトルロールの男たち以上に悲劇的な運命をたどるのです。オフィーリアは水死しました。ゴネリルはリーガンを毒殺し、それから自殺しました。コーディリアは捕虜となって殺害されました。父親に逆らって結婚したデズデモーナは、最愛の夫に殺されてしまいます。弱い立場である娘たちが運命に翻弄されるようすに観客は感情移入するのです。

それに対して、喜劇においては、父親に対して、娘の側から反撃し、法やルールを欺くことができるヒロインたちが姿を見せます。彼女たちの行動は、自分が目的とする相手との恋愛を手に入れるためでした。そして第一段階の恋愛の承認を第二段階の結婚の承認へと結びつけることが鍵となっていきます。

◉家父長制内での抵抗

「親の心子知らず」とも世間ではいいます。理不尽となじる前に、公平を期すために、父親の言い分も聞いておきましょう。富や権力をもち、家系の維持に努める「名家」であるならば、後継(あとつ)ぎとして息子の将来を考え、娘の嫁ぎ先を探す努力を惜しまないのは、洋の東西を問いません。

家長を権威の頂点とする家父長制（父権制）では、娘がいれば、政略結婚や家柄や家の格が同じ程度のものとの結婚を通じて、家の勢力の存続を考えます。シェイクスピアが二人の娘を地元の医師とワイン商に嫁がせたのも、お互いの家格を考えてのことだったはずです。

シェイクスピア家は、町の重責まで務めた父親のジョンの商売がうまくいかずに、借金や不正への加担などで、没落しかけていました。そもそも、長男であるウィリアムが地元で家業を継がずに、ロンドンでの演劇という大都会の新興産業に身を投じたこと自体が、家の存続のための大きな賭けでした。いっしょにグラマースクールを中退させられた2歳年下の弟のギルバートも、その後ロンドンに出て男性向けの服飾小物商を営み、それなりに成功します(★1)。

ロンドンでの成功のあとで、ウィリアムはシェイクスピア家を建て直すために、ニュー・プレイスの地所を購入しただけではありません。前年の1596年には、ジェントルマンの身分に必要な正式な紋章を獲得しました(母方のアーデン家はすでに紋章をもち格上だったのです)。父親のジョンがかつて申請して却下されたのですが、今回は通りました。シェイクスピアがヒット作も書き、劇団からの収入を得ていなければ不可能でした。そして、宮内大臣一座、国王一座という働く場で得たコネクションが話を通すのに役立ったはずです。いずれにせよ、ロンドンの「出稼ぎ」で稼いだ富や信用が、ストラットフォードのシェイクスピア家を支えました。

古くて新しい課題ですが、「家」の存続と、個人の願望や希望とが矛盾し対立することは、現在でも珍しくありません。シェイクスピアが劇作家を目指してロンドンに向かったのかは謎です。田舎から都会への出稼ぎもよくありますし、手袋商でもあった父親の職の延長上に商売を広げた弟ギルバートのような堅実なやり方もあったはずです。ただし、それでは地所を購入するほどの大金を手に入れることは困難だったかもしれません。

家の再興と名誉の獲得に奮闘するシェイクスピアですから、娘のスザンナやジュディスの結婚に心を砕いても不思議ではありません。当人は年上のアン・ハサウェイと「先に子どもを授かった結婚」をしただけに、実の娘には配慮したのかもしれませんし、世間によくある多くの結婚と同様に、父親であるシェイクスピアが描いた劇の主人公たちのようなドラマティックな展開はなく、平凡なものだったのかもしれません。

こうした家父長制の「父親」の権威と口出しは、生身の父親の姿をとるとは限りません。兄や弟や叔父や従兄弟の姿で登場もします。ときには母親や女性の声を通じて説教をすることもあります。ジュリエットの母親は、娘の結婚に関して夫であるキャピュレット家の当主に同調し、パリスとの結婚をうながしました。また、乳母はジュリエットの考えを尊重しながらも、ロミオとの結婚に関する意見は二転三転します。

ヒロインを苦しめるのは、人の声ですらなく、法やルールが文字に書かれていない周囲の雰囲気や同調圧力なのかもしれません。家父長制は、社会の隅々に浸透しているシステムであり、目に見えるようにすることも難しいくらい周囲に自然に溶け込んでいるのです。

それは、第5章で扱った『お気に召すまま』と『十二夜』を考えてもわかります。『お気に召すまま』では、奇妙なことに前公爵の名前は言及されません。娘のロザリンドの名前は、恋するオーランドによって劇場に鳴り響き、現公爵のフレデリックも名前はでてきます。ところがロザリンドの父親は最後まで「公爵」とか「お父様」という地位や身分を表す言葉で呼ばれるだけです。家庭における父親と公爵（公爵領なので「大公」という事実上の君主）という二重の権威をもっている人物なのです。男装したロザリンドに、父親が世継ぎとしての「息子」の姿を垣間見る瞬間さえあります。
それに対して、『十二夜』において、セバスチャンとヴァイオラの双子は、父親がすでに亡くなっているのですが、二人の恋愛と結婚はまさに家父長制の制約のなかにあるといえるでしょう。ヴァイオラは、船が難破をして、船長からイリリアのオーシーノの名前を聞いたとき、「父がその名を口にしたのを聞いたことがある（I have heard my father name him）」と言います［1幕2場］。だからこそオーシーノの下で小姓となることを選び、船長に就職の口利きをしてもらいます。父親の知人として庇護してもらえるはずだという計算があったのです。
ヴァイオラたちは、メッサリーナのセバスチャンという世間に名の知られた家の子どもたちです。正当な後継ぎとして父の名前をもらったセバスチャンが伯爵家のオリヴィアと結ばれても、オーシーノ公爵とヴァイオラが結ばれても身分の釣り合いがとれていると感じられるから異論もないわけです。恋愛の第一段階の承認の背後に、第二段階の結婚の承認に必要な家の格の釣り合いがとれている、という社会的な計算があります。
ロザリンドやヴァイオラの苦悩は、確かに個人の恋の悩みなのですが、同時に、家父長制のなかで、公爵の娘や名家の娘として、彼女たちの立場や結婚そのものが守られてもいるのです。もちろん、そうした制約のなかで生きているからこそ、思いを遂げるためには、異性装だけではない、さまざまな工夫や抵抗が必要になってきます。ヒロインが家父長制のメリットとデメリットの間で板挟みになっているからこそ生じる決断や行動は、現在もリアリティを感じさせます。

◉父の目を拒絶するハーミア

横暴な父親に対して、とりわけ強烈な反論をしたのが、古代ギリシアのアテネを舞台にした『夏の夜の夢』のハーミアです。大公であるシーシアスのもとに臣下のイージアスが訴えをもってきます。彼はハーミアの父親で、お気に入りのディミトリアスと娘との結婚を決めたのですが、ハーミアは反発して、恋人であるライサンダーとの結婚を求めます。ハーミアとライサンダーの間で恋愛の第一段階の承認は成立しているのですが、第二段階となる結婚の承認が得られないわけです。『夏の夜の夢』のポイントは、この障害をどのように克服するのかにあります。

ハーミアが父親の意に逆らっていることを諫める大公シーシアスの言葉は、まさに家父長制を体現しています。

シーシアス　ハーミア、なんてことを言うんだい。聞き分けのよい娘になれ。お前にとって父親は神と同じだ。お前の美しさを形作った者で、父親にとってお前は蝋で型どった人形にすぎず、作ったり破壊したりも意のままなのだ。ディミトリアスは立派なジェントルマンだよ。

ハーミア　それはライサンダーも同じです。

シーシアス　本人はたしかにそうだ。けれども、今回のことでは、お前の父親の賛成が不足している。その点、ディミトリアスのほうが一歩抜きん出ている。

ハーミア　お父さんが私の目で見てくれさえすればいいのに。

シーシアス　むしろお前の目が父親の分別をもって見るべきだろうな。［1幕1場］

シーシアスの言い方は「お父さまは神さまです」というもので、天地創造の神と父親を同一視するものでした。そして、シーシアスが第二段階の結婚の承認に必要な大公という権威を持ち出してきても、ハーミアは意見を変えません。そこで、「父親の言うことに従うか」、それとも「尼僧院に入って、処女のまま死んでいくのか」という二者択一が持ち出されます。キリスト教の尼僧院と、古代ギリシアのヴィーナス（アフロディーテ）の神殿の話が重なっています。とにかく、一生出ることのできない場所に閉じこめられるわけです。

悲劇にもこうした宣告は出てきます。『ロミオとジュリエット』の5幕の最後では、墓所で目覚めたジュリエットがロミオの死を知り、その亡骸（なきがら）にすがっているときに、ロレンス神父がやってきます。そして、すでに世間ではジュリエットは死んだとみなされているので、匿（かくま）う場所として「尼僧院」を持ち出します。たとえその後生きていたとしても、現世を捨てて死を宣告されているのに等しいわけです。そこで、ジュリエットは自ら死を選ぶのです。

また『ハムレット』の3幕1場で、オフィーリアに対してハムレットは、かつては愛していたと言い、彼が狂乱しているとうろたえるオフィーリアに、「尼寺へ行け（Get the to the nunnery)」と命じる場面が有名です。尼寺とは仏教の用語ですが、キリスト教でも尼僧になるとは俗世間と隔絶することを意味します。しかも、いわゆる「売春宿」をしめす暗喩でもあるとされ、世間を捨てるという意味が強くなります。

こうした尼僧院は、家父長制の影響から一時的に逃れ、女性どうしの生活をおこなうことで「結婚」や「出産」の圧力から逃れる場所となっていました。同時に、俗世間から「不要」とみなされた女性を閉じこめる場所でもあったのです。

> ハーミアよ、お前の気まぐれを父親の意志に合わせるように整えておくのだな。さもないと、アテネの法によって、死か、あるいは独身の生活へと向かうことになる。余の力では止めることは決してできないのだ。[1幕1場]

シーシアスがハーミアに、父親の意志に背くなら、法に従って死刑となるか、さもなければ「尼僧院」行きの選択だ、と迫ったことによって『夏の夜の夢』というドラマでのハーミアの進路は定まります。シーシアスはアテネの法さらに「余（we）」という君主が使う一人称までも持ち出して、父親の意志に従うように説得します。

それに対して、ハーミアの選択は、父親の言いなりになって、ディミトリアスと結婚するのでもなく、もちろん死刑を選ぶのでも、尼僧院に入るのでもありません。大きな選択肢としては、父親に従って生きるのか、あるいは死ぬのか、という二つがあるのですが、その間をすり抜けて、自分の願いを遂(と)げる第三の道を選ぶのです。

シーシアスは「自分の欲望に問いかけろ（question your desires)」とハーミアに忠告しました。その言葉でシーシアスは反省を迫ったはずですが、ハーミアはそれを読み替えて、問いかけた結果として自分の欲望に忠実になる、という作戦を選択します。尼僧院行きの選択はとんでもないですし、法に触れなければよいのです。

ただし、シーシアスが支配するアテネではこの難問は解決しません。アテネは父親のイージアスとともに家父長制が強力に支配し、しかも大公、父親、夫候補のディミトリアスという三人の男たちが結託(けったく)している世界なのです。ライバルとなるライサンダーはディミトリアスに「君は彼女の父親の愛を獲得したんだ。ディミトリアス、ぼくにはハーミアの愛を獲得させてくれ。君は父上と結婚すればいい」と言い放ち、イージアスは、「そうだ、ディミトリアスは私の寵愛(ちょうあい)を得たのだ」とずうずうしく応じるのです。アテネは男たちの間で結婚問題が勝手に決められてしまう場所なのです。

ハーミアは「恋人を他人の目で選択するなんて(to choose love by another's eyes)」と恋人のライサンダーに向かって憤(いきどお)ります。三人の結託をくずす必要がありますが、そのうちの老人二人はがんこで変更は無理でしょうから、結局ディミトリアスが心変わりをし、ハーミアをあきらめるように誘導しなくてはなりません。

ライサンダーが提案したのは、問題からの逃避です。アテネから7リーグ離れたところに住む子どものいない未亡人の叔母さんを頼って駆け落ちするという計画でした。『夏の夜の夢』の中盤に登場するアテネ郊外の森は、あくまでも、叔母の家へと逃げる途中の中間地点でした。当時流行していた庭の「迷路(ラビリンス)」のように、出口が入口となり、じつは入口が出口となるのです。

森の迷路へと、まずはハーミアとライサンダー、そしてそれを聞きつけたヘレナとディミトリアスとが入っていき、二組の恋人が外に出てきたときには、「正しい」組み合わせになっています。森はアテネからは内部のようすがわからないブラックボックスのようなもので、そのなかで混乱を生み出したのは、妖精たちが使用した「惚（ほ）れ薬」でした。その効果がすべて切れて、妖精の王の配慮で、正しい組み合わせに二組の恋人たちは並べられて目を覚まします。そこを朝の狩りに訪れたシーシアスとヒポリタに発見されるのです。

二組の恋人たちは互いの混乱状況を半ば覚えていて、「夢」と「現（うつつ）」との「二重視（parted eye）」をもちます［4幕1場］。それは、選択肢の両方を同時に見るようなものです。混乱のなかで恋人を交換するような場面もあり、他方の選択肢の結果が反対の目で見えているのです。最終的にディミトリアスが以前関係のあったヘレナへと復縁することで、ハーミアへの求婚をとりさげます。

ただし、ハーミアは、自分の目と父親の目とを二重にもったようなものです。ディミトリアスと結ばれた場合の未来も予見し、リハーサルをおこなってみて、同時に、ライサンダーの愚行も、またヘレナの隠れた関心も見て取って、最初の選択を貫くわけです。異なる選択肢としての未来を垣間（かいま）見たという体験の記憶は、今後迎えるライサンダーとの結婚生活においても消え去ることはないはずです。

◉結婚への圧力のなかで

シェイクスピア作品のなかでは、イージアスがハーミアに向けたように、結婚への圧力が多くの娘にかけられます。第一段階の恋愛の承認のないままでの第二段階の結婚の承認の強制です。

ハーミアの場合は、ディミトリアスとライサンダーとの間に家の格にそれほどの違いはなかったので、最終的に、イージアスは娘の選択に不承不承であっても、納得することになります。やはり、女性の嫁（とつ）ぎ先の相手が、どのような身分の人物であるのかは重要となります。有力なコネクションを築くためにも、できれば娘の社会階級を上昇させることも必要でしょう。

『ロミオとジュリエット』で、ジュリエットが、しだいに心理的に追いこまれていくのも、ヴェローナの名家の当主である父親が、大公の縁続きであるパリス伯爵との婚約から結婚への道を決めて、外枠が固められたせいです。ロミオと出会った舞踏会は、ジュリエットの社交デビューのイベントであり、パリスとの結婚への伏線となるはずでした。

1幕2場で、ジュリエットの父親は求婚するパリスへ、まだ14歳にならないので、花嫁にふさわしくなるまであと二夏つまり2年待ってくれ、と説明します。それに対してパリスは「もっと若くて幸せな母親たちがいますよ（Younger than she are happy mothers made.)」とむしろ結婚が遅すぎると主張します。このやり取りからは、父親が結婚を先延ばしにしているようにさえ感じられます。早期結婚というパリスの意見に賛成する母親のキャピュレット夫人は、自分もジュリエットより若くて母親になったと言い、結婚への圧力を強めます。しかも、結婚適齢期というのは、婚約期間を含めるなら若く設定できるので、パリスの主張も納得できます。たとえば、ヘンリー八世の王妃となったキャサリン（カタリナ）が1501年にイングランドに来たのは14歳のときでした。

この後、ロミオがティボルトを殺害して追放されたあと、パリスとジュリエットの結婚の話が持ち出されます。すでに秘密結婚をしていたジュリエットは結婚を拒（こば）みます。もちろん事情を知らない父親は怒り出します。「昼も、夜も、のべつ幕なしに、働いていても遊んでいても、一人きりでも皆といっしょでも、いつもお前の結婚相手のことを気にかけていたのだ」とし、自分の言うことを聞かないのなら、「財産などお前に与えない」と断言します［3幕5場］(★2)。

ジュリエットが最終的に受け入れたのは、ロレンス神父の入れ知恵のせいです。ところが、突然のジュリエットの「死」によって、結婚式は中止となります。葬式が結婚式へと転じたのが『ハムレット』でしたが、ここでは結婚式が葬式へと転じているのです。実際は「仮死」であり、ロレンス神父からもらった眠り薬を飲んだおかげなのですが、その目覚めとロミオとの再会のタイミングのずれによって、悲劇へと向かいます。

ジュリエットの場合には、求婚するパリスはすでにジュリエットの父と母によって意中の人物として選ばれていました。ところが、娘の結婚そのものを、父親が取り仕切る交渉や取引とみなして、あけすけに求婚者からの財産保証をつりあげる場合があります。それが『じゃじゃ馬ならし』の本編で起きていることなのです。外枠はクリストファー・スライが登場する寒いイングランドですが、一転して陽気なイタリアのパデュア（パドヴァ）が舞台となります。その舞台転換とともに大商人たちの結婚をめぐる本音があからさまになるのです。

シェイクスピアの劇において重要な舞台となった『じゃじゃ馬ならし』のパデュアも、『ロミオとジュリエット』や『ヴェローナの二紳士』のヴェローナも、『オセロ』や『ヴェニスの商人』のヴェニスも、ヴェニス（ヴェネチア）共和国の下にありました。オスマン帝国などとの東方貿易を中心に、商業や交易で繁栄したヴェニス共和国は、15世紀から16世紀にかけて領土を広げ、「アドリア海の女王」として君臨していたわけです。そして、『十二夜』の舞台となるイリリアもアドリア海の対岸に位置しています。

どの話も、イタリアの種本の英訳などから選ばれました。エリザベス女王以降、国際交易都市として上昇を目指していた当時のロンドンの市民たちにとって、そうした異国の話が生活実感と結びついていたので喜ばれたわけです。単なる外国のファンタジーではなくて、自分たちと地続きの物語に見えたわけです。こうして偽の領主に仕立てられたスライの外枠と、パデュアを舞台にした結婚話が結びつきます。劇全体を観ている観客が違和感を覚えないのも、イタリアとイングランドの生活実感が似ていたからです。

バプティスタ・ミノラの長女カタリーナと次女ビアンカの二人の娘の結婚話が出てきます。じゃじゃ馬である長女のカタリーナは結婚から程遠く、おとなしい美人の妹のビアンカには、すでに二人の求婚者がいます。そこにピサからパデュアについたばかりの若者のルーセンシオが、学問へ邁進(まいしん)し女性を断つという誓いなど忘れ、ビアンカにほれてしまい、求婚者に加わります。さらに従者を代理に仕立てて、本人は古典を教える文学の教師に、さらにライバルは音楽の教師に変装してミノラ家のなかに入りこむのです。ルーセンシオは、本人と従者のどちらにビアンカが落ちてもよいという二方面作戦をとったわけです。結局のところ三人の求婚者が争奪戦を繰り広げるわけです。

ところが、父親のバプティスタは姉のカタリーナが先に結婚するなら、という条件をつけます。そこで、三人の求婚者たちは姉の結婚相手を探すことで利害が一致しました。ビアンカの求婚者たちの救世主のように登場したのが、ヴェローナからやってきたペトルーチオという男だったのです。

ペトルーチオは、カタリーナの「悪評」にもかかわらず結婚話を進めます。それは、カタリーナがミノラ家の娘であると知ったからです。そして、バプティスタもペトルーチオの父親が大商人のアントーニオだと聞いて安心します。家の格として申し分ないからです。しかもペトルーチオは父親が亡くなったので財産をすべて受け継いでいるので、バプティスタとの間で、カタリーナとの結婚条件の交渉をします。

ペトルーチオ　それでは、もしもあなたの娘の愛を得たら、妻になる持参金をどれほど手に入れられるのですかね。

バプティスタ・ミノラ　死後、私の土地の半分と、所有する2万クラウンですな。

ペトルーチオ　では、その持参金に対して、寡婦(かふ)財産を保証しましょう。彼女が私より長生きした場合、私の土地全てと貸しつけてある金すべてを与えます。それでは、私たちの間で証文を交わして、それぞれの手元に契約書を残しましょう。[2幕1場]

これがカタリーナの意志を無視した契約なのは確かです。一応、バプティスタは第一段階の娘の恋愛の承諾が必要だと言います。ただし、「じゃじゃ馬」であるカタリーナに結婚願望があっても、求婚者が他にいないので、ペトルーチオ以外に選択肢がなかったのも事実です。一択なのです。それとともに、この契約は相互の財産を守る仕組みでもあり、父親の財産が残されるという後ろ盾があるからこそ、カタリーナがペトルーチオに最終的にひどい扱いをされることはありません。これこそ家父長制が巧みな点でもあるのです。

ペトルーチオは、強引に結婚式の日程まで決めながら「ヴェニスに用事があるから」と去って行き、当日は、奇妙な衣装を着てやってきて、カタリーナたちを呆(あき)れさせます。そこからいわゆる「調教」が始まるのですが、これには当然賛否があります。「じゃじゃ馬」と訳されますが、原題は体長10センチほどの「トガリネズミ」のことを指しています。ネズミの鳴き声を「騒々(そうぞう)しい」女性に喩(たと)えたわけです。

ペトルーチオは、ヴェローナの邸宅で、カタリーナにおいしいものを目の前で食べさせないし、眠らせないですし、せっかく仕立屋を呼んでも帽子も衣装もけちをつけて身につけさせないのです。暴力的な演出がなされることがありますが、ほっぺたを叩くのはカタリーナのほうであって、ペトルーチオから手はだしません〔2幕1場〕。

ただし、心理作戦だからこそ巧妙であり、より悪質だという意見もありえます。ペトルーチオはモノローグで、「相手の逆手でいくのだ」と自分の計画を観客に打ち明けます〔4幕1場〕。根負けをしてカタリーナが「月だろうが太陽だろうが、あなたの好きなように呼ぶわ」と言う状態になるのです〔4幕5場〕。

他方で、カタリーナの結婚式が終了し、一件落着すると、父親のバプティスタは、ビアンカの二人の求婚者、パデュアの年寄りのグレーミオと、ピサから来たルーセンシオに化けた従者とに、相互の持参金を問いただします。

グレーミオが提示した財産よりも、ピサの名家の方が土地からのあがりも、もっている船の数も圧倒的に有利でしたが、それをルーセンシオの父親が裏書き保証するのが条件となります。もしも、父親よりも先に息子が死んだ場合に結婚した娘が困る、というのが理由でした。

> おい、若造、お前の父親は全部を息子にやるほどのアホで、老後にはお前からのおこぼれを食べさせてもらうというのかね。ありえない。イタリアの古狐（ふるぎつね）に、そんな輩（やから）はいないんだよ、お坊っちゃん。［2幕1場］

なにやらリア王の失敗への警告にも聞こえます。そのためにルーセンシオたちは、偽の父親をこしらえて、結婚までもっていこうとします。騒動のさなか、ルーセンシオの本物の父親がやってきて、偽物と本物の二人が出くわすという事件が起きます。とにかく、変装と偽物がたくさん登場する劇なのです。

結局、ルーセンシオとビアンカの父親どうしで、財産をめぐる合意もできて、正式な結婚の宴会で終幕となります。カタリーナは父親と夫に屈服したように見え、ペトルーチオの命令に従い、「夫に従え」という内容の「服従の演説」を妹や再婚する未亡人に述べます。それは「月だろうが太陽だろうが、あなたのお好きなように」という諦念の産物なのです。

カタリーナは、家父長制のなかで女性に押しつけられ、ペトルーチオたち男性が聞きたいと願っている「理想」の言葉を述べているのです。しかも、『じゃじゃ馬ならし』という劇は外枠のスライが偽領主にされるところに始まり、変装やトリックに満ちていることを考えると、少年俳優が演じているカタリーナのセリフをどこまで本気にとっていいのかは定かではありません。むしろ、演技や装うことに満ちた世界での処世術をカタリーナは獲得したとも思えます。

父と娘との関係で、たしかにバプティスタは、カタリーナの場合にも、ビアンカの場合にも、「持参金」の問題を重視し、当人どうしの愛情や結婚の承諾よりも優先しています。けれども、資産をもつ親からすると娘の結婚は資産の目減りにもつながりかねません。

それ以上に、カタリーナの場合もビアンカの場合も、夫の死後に財産が失われたり、奪われたりして、露頭に迷う危険を回避するために、口約束だけでなく証文までも取り交わすのです。どうやらシェイクスピアと同じく、財産や商売を継がせる息子のいないバプティスタは、自分が亡くなった後に、娘たちが後ろ盾をなくすことや口約束で契約が反故(ほご)になることを心配しているわけです。それを「親心」と呼んでもかまわないはずです。

◉沈黙と従順の代償

しばしばヒロインが父親の前で「沈黙」を強(し)いられることがあります。もちろん全面的な肯定の意味での沈黙ではないのですが、同意ととられて窮地に追いやられる結果となります。ジュリエットが父親にパリスとの結婚を承諾したのも、ロレンス神父の入れ知恵があったからです。つまり、ロミオとの秘密結婚について沈黙を守ることでジュリエットは孤立し、最後には自殺へと向かうことになります。

「沈黙」が大きく運命を変えたのが、『リア王』のコーディリアでしょう。生前贈与というか、三人の娘（とその夫）たちにイギリス（ブリテン王国）を分割して渡すリアの計画は、老後の楽隠居を保証するためでした。けれども、まさに『じゃじゃ馬ならし』のグレーミオが予想していたように、それが全権を手放すことへとつながってしまいます。長女と次女は財産目当てに甘い言葉を述べます。そして、一番かわいいと思っているコーディリアにリアは催促します。

リア　話すがいい。
コーディリア　何もありません、陛下。
リア　何も？
コーディリア　何も。
リア　無からは無しか生み出せないのだぞ。もう一度話すのだ。［1 幕 1 場］

コーディリアは言葉巧みに父親に取り入る二人の姉とは異なり、追従の言葉を述べることができません。結局真意は伝わらず、「無からは無しか生み出せない（Nothing comes form nothing）」と拒否にあいました。もちろん財産や領土ももらえないのです。財産が保証されたカタリーナやビアンカとは対照的な運命をたどります。「沈黙は金」ではなかったのです。

『じゃじゃ馬ならし』のカタリーナは、妹のビアンカが父親に従順なふりをしていることを怒ります。「あの子は沈黙で私を馬鹿にしているの、やっつけてやりたい（Her silence flouts me, and I'll be reveng'd.）」と口にします［2 幕 1 場］。妹のビアンカが、表面的に従順を装う「白さ（ビアンカ）」であることの非を訴えるのです。本音を口にする自分と比較してずるいというわけです。これが姉妹げんかの原因ですし、二人の処世術の違いです。

ビアンカは、結婚したルーセンシオからすると期待外れの女性でした。けれども、父親など男性への沈黙と従順を逆手にとった賢い例ともいえます。姉のカタリーナへの「調教」に目が奪われがちですが、ビアンカは自分の意中となったルーセンシオとの結婚を手に入れるために、父親の目を欺くことなど平気でした。それは以前からやってきたことの延長でもあるからです。

ジュリエットの場合にはパリスとの結婚への同意は、ロミオとの秘密結婚を隠すための方便であり、その点については沈黙を守らざるを得ませんでした。コーディリアの場合の沈黙は、領土をもらえず無一文となり、フランス王に救出されます。最後には敗北による悲劇が待っていて、リアが彼女の亡骸(なきがら)を抱くことになるのです。

ビアンカのやり方は、そうした悲劇へと向かわないための方便かもしれません。父親が所有している財産などを手放さずに、意中の人と結ばれるのが、ビアンカの作戦です。尼僧院に入るような社会システムの外に出ることを選ばないならば、ひとつの現実的な選択肢ともなりえます。飼いならされず白さを装うことで、表面上の平和を保っているわけです。

その点でカタリーナは賢くなって、むしろビアンカのやり方を模倣したのでしょう。沈黙や表面の従順さで、厄介事を切り抜けるという作戦です。こうしたやり方は家父長制を解体せず、女性たちの悲劇を再生産してしまいます。そうした不備を生ぬるいと批難できますが、完全にシステムを回避するのは難しいでしょう。個人にできる最善の作戦だったのです。

ヒロインたちはさまざまな計算を胸に秘めて活躍します。同時に、このように女性が昔から翻弄(ほんろう)されたのは、男女が財産をどのように継承するのかをめぐっての法律が、中世以来改正されてきた結果でもあるのです。そうした外的な条件も、ヒロインたちのロマンスや運命を左右しているのです。

バプティスタ・ミノラが利用したように、契約や法は娘たちの地位を守りもすれば、その財産を夫や自分の息子といった男性に支配される弊害も与えるのです。この金銭と結婚をめぐるリアリティをシェイクスピアはイタリアの物語などからもらいうけました。それとともに、実際の彼の娘であるスザンナやジュディスの結婚をめぐる体験にも裏打ちされているのでしょう。

◉不在の父親からの脱出

娘たちを苦しめるのが実在する父親とは限りません。ハムレットを父親の亡霊が苦しめたように、父親が欠如つまり不在であっても「遺言」という言葉が効力を発揮します。ましてや、証文（last will and testament）の形で文書化されていると、それが束縛することにもなります。『じゃじゃ馬ならし』のバプティスタは文書で娘を守ろうとしましたが、逆に娘の自由意志を束縛することにもなるわけです。それが家父長制というシステムを支える法律や文書の役目でもありました。

シェイクスピアが現存する遺書を作成したのは1616年3月25日のことでした。1596年に紋章も獲得したことを踏まえ、誇らしく「ジェントルマン」の称号を名前の最後に記しています。1616年の2月10日に次女のジュディスがトマス・クイニーと結婚したばかりなので、遺書の最初にジュディスへ「150ポンドを与える」という項目が登場します。結婚が決まったために遺書が書き直されたと考えられています。

さらに、財産や品物を妻と娘たちや親族さらに土地の人々にどのように分配するのかという細かな指示が記載されています。もちろん良きキリスト教徒として貧者への施(ほどこ)しも忘れてはいません。全般に多くの人への配慮が感じられます。この年に亡くなったことを考えると、死期を察して作成されたと考えてもいいのかもしれませんが、「完全な健康と記憶のもとに（in perfect health and memory）」作成された、と遺言が正当なものであることが明記されています。

『十二夜』には父親や兄に法的にも心理的にも囚(とら)われた娘たちが出てきます。ヴァイオラは亡くなった父親のセバスチャンの名声に守られているのですが、表立って利用できませんでした。そして双子の兄である同名のセバスチャンとも海で離れてからは、生死もわからず頼りになりません。男装したシザーリオが頼れる者は、小姓として引き立ててくれ、恋の悩みを打ち明けてくれるオーシーノしかいませんでした。

父親や兄に囚われているのは、もうひとりの重要な人物であるオリヴィアも同じでした。父親とさらに兄を失っています。兄の喪中が７年続いている途中であることを理由にオーシーノからの求婚をはねつけているのです。そこにヴァイオラがシザーリオに変装して、オーシーノの恋の使者として訪れます。その際も、ヴェールをつけた別人のふりをして、まずはシザーリオのようすを見て恋してしまいます。そして、次にシザーリオつまりヴァイオラの姿に、双子の兄であるセバスチャンを重ねて見ているのです。

オリヴィアは、伯爵家を維持する担い手を、家格の釣り合いを後ろ盾に求婚を迫るオーシーノではなく、シザーリオ＝セバスチャンというよそ者に委ねたのです。結果として、ヴァイオラたちは名家の出なので、結婚において障害とはなりませんでしたが、その選択がオリヴィアの父兄の遺言や思惑に従っているのかは不明です。そうした期待とは外れた結末を迎えたのかもしれません。

『十二夜』のオリヴィア以上に、父親の遺言つまり「最後の意志 (last will)」が娘を束縛しているのが、『ヴェニスの商人』のポーシアです。ベルモントに住む富裕な家の後継者であり、世界各国から多くの求婚者が訪れています。その状況を侍女のネリッサに嘆くのがポーシアの第一声です。

ポーシア　ほんとうに、ネリッサ、私の小さな体は、この大きな世界に飽き飽きしているのよ。

ネリッサ　もしも、惨(みじ)めさが、あなたの財産と同じくらいの量になったら、そうでしょうね、お嬢さま。私が見るところ、食べすぎた者は、何も口にできずに飢えた者とおなじくらい病にかかるものです。だから、並の暮らしでも、幸せが並みというわけではありません。ぜいたくな生活をしてもすぐに白髪になってしまうので、ほどほどの小金もちのほうが長生きできます。[1幕2場]

あり余るほどの遺産を手にしていてもポーシアは幸せではありません。ネリッサは人並みの生活が重要という「中庸」の生き方を推しています。ポーシアが飽き飽きしているのは、結婚相手を決める自己決定権がなく、父親の遺言により「箱選び」という謎解きにまかせることになっているからです。

「金・銀・鉛」の箱の三択であり、箱に書かれたヒントの文章をもとに正解を選んだ者がポーシアの夫となる、という方法でした。箱を選ぶ者は身分の条件さえ整えば誰でも良いのですが、失敗すると一生独身を守るというペナルティがありました。いずれにせよ、ポーシアはオリヴィア以上に父親の遺志に束縛されているのです。謎々を解いたのが、バサーニオとなります。ポーシアはバサーニオの顔を見知っていて、彼に正解を選んでほしいと願っています。

しかもポーシアは、バサーニオが箱選びをするときに、わざわざ歌を流します。正解の「鉛（lead）」と韻を踏む「パン（bread）」や「頭（head）」という歌詞が含まれていて、ヒントとなった可能性も高いのです［3幕2場］。直接教えなければ、恋愛のためにカンニングもあり、というわけです。

どのように、父親の束縛から脱出するのかも、重要な案件です。そして、結婚の際に父親が娘の夫との間で結ぶ持参金や寡婦(かふ)財産をめぐる契約書が裏で交わされる契約書だとすれば、オリヴィアやポーシアを縛りつける言葉や証文による父親の遺言は表の契約書といえます。もちろん、父親の残してくれた財産が経済的な保証をしてくれているのは間違いありません。しかしながら、どのような身分や立場でもそれぞれの苦しみがあるからこそ、ポーシアの嘆きは現在の読者や観客にまで響いているのでしょう。

◉「新しいのはお前にとってだけ」

シェイクスピアは父と娘との関係を取り入れた劇を晩年に至るまで書き続けました。多くが再会や和解をテーマとするロマンス劇というジャンルに入ります。ロマンス劇というと、古臭い物語を題材にした時代遅れのものというニュアンスがありますが、当時は人気があったのです。後期には、初期に書いた喜劇で扱われた主題や要素が仕立て直され、新たな視点から描かれています。

地中海世界を舞台にしながら、それまでとは異なる父と娘の関係が登場します。そこに出てくるのは、恋愛を得るために父親と戦うという『夏の夜の夢』のハーミアのような娘や、『リア王』のコーディリアのように沈黙によって悲劇へと向かう娘ではありませんでした。むしろ晩年の劇では、父親の視点から娘たちを眺める、という態度に移行したように見えます。

ロマンス劇の『ペリクリーズ』は、まずタイア（レバノン）の領主ペリクリーズが求婚したアンティオーク（シリア）の王女が父と関係をもっている、という話から始まります。その秘密を知ったペリクリーズが逃げ出すと刺客が追いかけてきます。

ペリクリーズが逃げ回る途中でタイーサという王女と出会い結ばれます。船のなかでタイーサは娘のマリーナを出産し、そのまま亡くなったと思われました。その後、ペリクリーズが親友に預けていた娘のマリーナは海賊に誘拐されてしまいます。他方で、亡くなったと思っていた妻のタイーサは生きていて、水葬のために彼女を入れた棺（ひつぎ）は、無事に流れ着いて巫女（みこ）になっていたのです。

こうして父親であるペリクリーズが、娘のマリーナと、妻のタイーサと再会する物語なのです。ペリクリーズは、海賊に売り飛ばされたマリーナを売春宿で発見します。マリーナは客をとらない売春婦として有名でした。それを知ったペリクリーズが、マリーナに名前や家族のことを質問します。

ペリクリーズ　お前は血肉をもっている人間なのか？　脈を打っているのか？　妖精ではないのか？　動いている。そうだ。話を続けてくれ。どこで生まれた？　どうしてマリーナと呼ばれているのだ？

マリーナ　私の名はマリーナ、海で生まれたからそう呼ばれています。［5幕1場］

これが「一族再会」の手がかりとなるのです。海が大きく関係する劇のなかで、娘につけた名前と状況を確認して、ペリクリーズは相手の正体に納得します。船上で名前をつけた際に、ペリクリーズが海にこだわったことをしめしています。そして、海こそがみなをバラバラにして、最後には結びつけるものでした。海洋国家となっていくイギリスにとって、今まで以上に海が重要となるのです。

ロマンス劇の最後とされる『テンペスト』には、前ミラノ大公のプロスペロとミランダという父と娘が登場します。幼少の頃に、地中海のどこかにあるらしい島へと流れ着いたミランダは、キャリバンという魔女と水夫との間に生まれた男しか知りませんでした。そこにアフリカのカルタゴでの結婚式からの帰りに、船が難破して流れ着いたのが、ナポリの王子であるファーディナンドでした。ここでも地中海の横断が重要となります。

ファーディナンドとミランダはすぐに相思相愛となります。第一段階の恋愛の承認から、第二段階の結婚の承認に至るために、ファーディナンドは薪（たきぎ）を背負って運ぶといった肉体労働をプロスペロの命令でさせられます。試練にすぎないのですが、ファーディナンドは耐えます。そして、二人が一線を越そうとすると、時間を止めるという魔術を使って父親が阻止するのです。それほど二人の行方を制御しようとします。

最終的に、難破した船に乗り合わせた他の王族たち、イタリアの人々が動く姿を見て、ミランダは叫びます。

ミランダ　まあ、驚きだわ！　ここにすばらしい人たちがたくさんいるなんて！　なんと美しい人間なのかしら。おお、素晴らしい新世界。そんな人々がなかにいるなんて。

プロスペロ　新しいのはお前にとってだけだ。［5幕1場］

プロスペロはすぐに「お前にとって新しいだけだ」というセリフで、ミランダの感動を相対化します。世間を見てきた父から、これからミラノの「新世界」へと向かう娘への忠告なのですが、もちろんミランダは聞いていません。若者として、自分の体験が昔からよくある出来事の反復なのではなくて、唯一絶対のものに見えるからです。父親は、美しく見える者たちの裏側にある姿もよく知っています。

シェイクスピアが描く父と娘の苦悩や対立が変化したのは、どうやら時代の好みだけではなさそうです。シェイクスピアが30代で書いた『夏の夜の夢』や『お気に召すまま』のころ、スザンナやジュディスといった娘たちは、10代から20歳すぎでした。ところが娘たちが結婚を迎える40代とシェイクスピアがなるにつれて、父親としての意識も変化したのでしょう。

『ペリクリーズ』が上演された1607年にはスザンナが結婚しま

す。そこでの一族再会は切実で、同時に不思議な運命に満ちています。ハムネットという息子を失った後のシェイクスピアの願いがこめられているのかもしれません。また、『テンペスト』の「お前にとって新しいだけ」というのは、これから結婚するジュディスに向けた忠告と考えるのは考えすぎでしょうか。

シェイクスピアの劇全体を見ると、娘の立場から父親への不満を向ける事情もわかり、それとともに父親の立場から娘たちの反発を理解するという「二重視（parted eye)」による両方の視点を与えてくれるのです。

(★1）父親の経済状況と子どもたちの教育程度とには相関関係があります。シェイクスピアは8人兄弟姉妹ですが、すべてが等しく教育を受けたわけではありません。父親のジョンの商売がうまくいっていた時期に子ども時代を送ったウィリアムとギルバートは読み書きができたことが知られています。それに対して、下の妹や弟は満足な教育を受けられず、読み書きができないか、不得手でした。ウィリアムの16歳下の末っ子のエドマンドは、兄の援助もあってロンドンに演劇の道をさぐったようですが、惜しいことに20代半ばで亡くなってしまいました。[*Shakespeare Documented* などを参照]

(★2）現在では、アメリカのテキサス州に「ロミオとジュリエット法」という未成年の性的関係をふせぐ法律があり、フランスでは「ロミオとジュリエット条項」が制定されました。どちらも、社会が若い女性たちの身体を守るという趣旨から生まれた法律です。女性自身に自分の身体の決定権がなく、娘の身体を親たちに属する部分として庇護（ひご）する家父長制の働きだと見ることもできます。

第7章

「お前が父を愛しているのなら」

～父親の後を継ぐとき～

◉女王から王への交替

組織の大小にかかわらず、リーダーの交替や組織の継承はつねに大きな問題となります。円満にいくのか、紛糾（ふんきゅう）するのかはわかりません。一歩間違えると「お家騒動」になるのは、洋の東西を問いません。リーダーが不在となれば、組織の方針が混迷する可能性は高いわけです。それだけ、人的な要素が組織の行方を左右します。もちろん文化の生成にも影響を与えます。

なかでも、家族と継承の問題をはっきりとしめすのが、君主制における王位継承でしょう。一国に一家族だけの話題のはずですが、それが身近に感じられるのは、同じ家族の問題として理解できるからです。しかも、父親が病気になるとか死去したせいで、家業を継ぐために自分の仕事をやめたという話は世間に珍しくありません。

君主の交替は突然訪れます。2022年9月8日に、長寿だったエリザベス二世が、体調を崩して静養していたスコットランドのバルモラル城で逝去し、息子のチャールズ三世がすぐに即位しました。国歌が「ゴッド・セイブ・ザ・キング」とさっそく元の歌詞で歌われたのも印象的でした。立憲君主制なので、死の直前の9月6日に、保守党のリズ・トラスが、ボリス・ジョンソンの後継となる首相に就任した挨拶のために、エリザベス女王のもとを訪問したばかりでした。

国政に空白を作らないために、王としての責務を果たしてから逝去したというのは、見事な最期だったと評価すべきでしょう。そして、保守党の党首選の結果により、選挙で選出された下院（庶民院）議員から選ばれた首相が、男性から女性へと、そして世襲の国王が、女性から男性へと交代したことで、イギリスにおける性別を超えた権力の移行のプロセスを全世界が知ることになったのです（ただし、その後首相はさらに交替しました）。

こうした君主の交替をシェイクスピアも体験しました。1564年に生まれたとき、すでにイングランドにはエリザベス女王（一世）が君臨していました。1558年に王位についていたために、シェイクスピアは他の王を知らずに成人しました。1603年、彼が40歳手前で、イングランドの統治者は、スコットランドの王でもあるジェイムズ王（一世）へと変更されました。

これにより、祖父のヘンリー七世から孫のエリザベス一世まで続いたテューダー王朝から、スコットランドのスチュアート王朝へと移ったのです。そして、エリザベス朝が、ジェイムズ（ラテン語由来だとジャコビアン）朝となります。王家の系譜も変わりましたが、ジェイムズの名づけ親がエリザベスであるように、親戚関係をもつからこそ、後継者として女王の周辺の家臣たちから支持され選ばれたのです。

エリザベスからジェイムズへの移行は、シェイクスピアが所属していた劇団である宮内大臣一座（Lord Chamberlain’s Men）にとり重大事でした。父親から劇団のパトロンを譲られたジョン・ケアリーが宮内大臣に就任したのでそう呼ばれました。宮内大臣

（宮内長官、内大臣）とは、宮廷内のさまざまな儀式をとりまとめる役職なのです。

エリザベス朝に、女王一座が1583年に設立されました。それから10年が過ぎた1594年に、ヘンズロー率いる海軍大臣一座、そして宮内大臣一座という新興劇団が誕生し、宮廷での上演競争となりました。女王の死去とともに女王一座が衰退すると、この宮内大臣一座は国王一座の名称を獲得しますが、シェイクスピアもその流れに乗ったのです。[★1]

シェイクスピアは劇団の一員であり、のちに株をもつ経営陣の一人であり、劇団の運営や動向に無関心だったはずはありません。ライバルだった海軍大臣一座はヘンリー王子一座となり、他の劇団も、ジェイムズ王の王子や王妃など一族の庇護（ひご）を受け、大臣ではなく王室とのつながりが深くなり、エリザベス朝とは劇団のあり方も変化します。

新興メディアだった公衆演劇というエンターテインメントが、政府公認となり、より公的な存在になったといえるかもしれません。日本での能や狂言、あるいは映画やドラマ、そしてアニメやゲームの受け入れられ方の変化とそっくりです。誕生した当初は、周辺的に扱われ、社会的地位も低かったものが、単なる娯楽からアートや芸術の領域に社会的地位が上昇するわけです。

ジェイムズ王はイングランドと同時にスコットランドの王で、そちらの名称はジェイムズ六世でした。シェイクスピアの遺書には、「1616年3月25日、現イングランド王ジェイムス治世14年目、スコットランド治世49年目」とラテン語で日付が記載されています（日付は旧暦のユリウス暦なので現在とは10日ずれています）。「49年目」に驚くかもしれませんが、ジェイムズは生後1年でスコットランド王に就任したのです。イングランド王に就任したとき、ジェイムズは王としての経験をかなり積んだ段階でした。

ジェイムズとエリザベスはともに、王座につくまで、それからついた後も、国内の政争や対外紛争に巻きこまれました。ジェイムズの母親であるスコットランドのメアリー女王は、イングランドに亡命しましたが、彼女を処刑したのはエリザベスでした。ジェイムズとエリザベスの間にさえ、単純な愛憎だけでは説明のつかない政治的な関係が存在します。

王制が衰退した現在のヨーロッパで、王室どうしが平和に共存するようすからは想像もつかないのですが、当時は権謀術数の争いに満ちた世界だったのです。カトリックとプロテスタントというキリスト教内の宗教対立や、南北アメリカをはじめ海外植民地の争奪戦といった要素が、ヨーロッパの国どうしの政治的な対立や友好関係を複雑にしていました。それだけに、後継者として誰をどのように選ぶのかは、利害関係をもつ当事者たちにとり死活問題だったのです。それは組織の大小を問いません。

◉父からの継承の理想と現実

そもそもエリザベス女王がヘンリー八世の娘でありながら、王位につくまでの人生は波乱万丈でした。そのため何度となく映画やドラマの題材にもなってきました。エリザベスと血がつながる祖父のヘンリー七世からテューダー王朝が始まるのですが、祖父から孫娘の間に、合計で六人の王と女王が登場します。もしも通常の世襲ならば、三人で済んだはずなのに倍になったのは、王冠をめぐる争奪戦があったからです。しかも報復を含めた処刑や流血騒動がありました。

エリザベスの母親となるアン・ブーリンと結婚するために、ヘンリー八世はスペインからやってきたキャサリン・オブ・アラゴンとの離婚を正当化する法律を制定し、カトリックとの分離を決めます。これが英国国教会の始まりです。

ところが、アンは、三人目の妻ジェイン・シーモアを得るために処刑されたのです。娘のエリザベスは庶子扱いされ、王位どころか命さえも危うくなりました。ヘンリー八世の死後、キャサリンの娘でエリザベスの義理の姉にあたるメアリーとともに、六人目の妻であるキャサリン・パーのもとで育ちます。しかも、姉のメアリーは母親のキャサリン・オブ・アラゴンと同じくカトリックの教えを守っていました。

ヘンリー八世の死後、王位は、ジェインが産んだ皇太子のエドワード六世に継承されます。ですが、15歳で病弱のせいで亡くなります。それを利用してジョン・ダドリーが画策し、王位継承権の低かったジェイン・グレイと息子を結婚させ、王位を私物化しようとします。それに対して、カトリックであるメアリーが呼び戻され、彼らは処刑されて、メアリー女王として就任しました。

就任したメアリーはカトリックの復活を提唱し、反カトリックの数百人を処刑し「流血のメアリー」と呼ばれました。さらにスペインのフェリペ二世と結婚し、イングランドのカトリック復帰を決定づけます。そのためエリザベスも反逆をもくろんだとして牢獄に1年間入れられたのです。

ところが、メアリー女王は病にかかり、死の寸前に後継者として義理の妹であるエリザベスをようやく指名したのです。エリザベスが王位についた後、ジェイン・グレイを擁立したダドリーたちの行為はプロテスタントを守るためだった、という解釈が成り立ちます。実際ジョンの息子の一人であるロバートは、エリザベスの恋人で彼が結婚した後も公認の愛人として知られます。一家への反逆者という汚名は撤回され、名誉も回復されました。

ヘンリー八世からエリザベス一世へは、形の上では父から娘への王位継承ですが、弟や姉も王位につき、いずれも病で亡くなったので、最終的に継承したのには偶然の要素も大きかったのです。そして、エリザベスは自分の母親のアン・ブーリンを処刑で失いましたが、ジェイムズ王の母親のメアリー・スチュアートを処刑したのはエリザベスでした。こうした因縁がエリザベスからジェイムズへの移行につきまとっているのです。

父から娘へと権力が移行するようすは、『恋の骨折り損』で触れられていました。フランスの王女と侍女たちが、アキテーヌの領地問題を交渉するために、スペインのナヴァラ王国を訪れます。そしてナヴァラ王フェルディナンドとその臣下たちとさまざまな恋のゲームや祝宴を繰り広げます。ナヴァラ王との恋が成就に向かうところで、フランス王女のもとに、父親であるフランス王が死去したという知らせが届き、喜劇の雰囲気が吹き飛んでしまいます。

マーカディー　ご機嫌うるわしく、お嬢さま。
フランス王女　よく来たわね、マーカディー。私たちの楽しみをじゃまするために。
マーカディー　相すみません。お知らせするのが、どうにも口が重いのです。じつは、父上の国王陛下が。
フランス王女　亡くなったの、まさか。

マーカディー　そのようで。私はそう伝え聞いています。［5幕2場］

フランス王女とナヴァラ王フェルディナンドとの結婚をめぐる話の進展は、1年間喪に服すことで延期されました。それとともに、フランス王女の立場が、単なる父王の娘から、フランスを代表するものに変化します。彼女の名前は劇のなかで言及されず、配役でもフランス王女となっています。

ここで重要なのは個人ではなく、あくまでも次期女王あるいは王妃となる可能性を秘めた女性としてのあり方なのです。しかも、『恋の骨折り損（*Love's Labour's Lost*）』というタイトルに含まれる「喪失」という語が、この終わり方と合っているのです。

◉イングランド賛美と王冠の責任

継承すべき国土については、『リチャード二世』の2幕1場で、死にかけているジョン・オブ・ゴーントが、弟のヨーク公爵に島国イギリスをエデンや宝石に喩（たと）えて賛美します。

この王たちの玉座、この王笏（おうしゃく）が与えられた島、
この威厳をもつ地、この軍神マルスの座、
もう一つのエデン、天国に近いところ、
自然の女神自身によって建てられた要塞、
病（やまい）を防ぎ、戦さの手を防ぐのだ。
人々を生み出す幸せなところ、この小世界、
銀の海に置かれた貴重な石で、
海は、幸せの足りぬ国々からの妬（ねた）みへの

壁の役目をはたし、
館を濠(ほり)のように守っている。
この祝福された土地、この地上、この領土、このイングランド。[2幕1場]

ジョン・オブ・ゴーントによる自国称賛の言葉はさらに続きます。ただし、「このイングランド」が、同じブリテン島にあるスコットランド、そして併合したウェールズを無視していることには注意すべきでしょう。

ゴーントは、その後甥(おい)のリチャード二世に、王たる資格について意見をしますが聞き入れられません。リチャード二世は、将来を嘱望されながらも王になれずに死んだエドワード黒太子(こくたいし)の息子でした。他方で、ゴーントの息子ボリンブルックは、リチャード二世の従兄弟でライバルでした。リチャード二世は、自分に意見をしたジョン・オブ・ゴーントに罵声を浴びせかけ、さらにその死を知ると、アイルランドとの戦争の費用にあてるために財産を没収します。親類縁者による骨肉の争いとなるのです。

アイルランドの戦いから帰還したリチャード二世は、ウェールズの海岸に到達したとき、感激して地面にキスをします[3幕2場]。ところが、迎える援軍もなく、人心はすでに離れ、ボリンブルックのほうへと傾いたことを知ります。そして、王であることの虚しさを語るのです。これは「王冠」についての正直な述懐なのです。

後生だから、地面に座って、
死んだ王たちについての悲しい物語をさせてくれ。

退位させられた王もいた、戦争で殺された王も、
自分が退位させた王の幽霊にとりつかれた王も、
妻に毒殺された王も、眠っているときに殺された王も
皆殺されるのだ。この虚ろな王冠は、
王が死ぬ定めの寺院であり、そのなかに
死神が王宮を置き、あの道化師が座っている。[3幕2場]

王たちが手に入れることを争ってきた王冠に対して、この「虚ろな王冠（hollow crown)」という言葉は、ジョン・オブ・ゴーントがエデンの園に喩えたイングランドと対照的です。リチャード二世がたどり着いたウェールズの海岸は、島国イングランドの土地でした。海がアイルランドから守ってくれているのです。ところが、リチャード二世の敵が、アイルランドのような外部にあるのではなくて、自分の身内にあることを王冠は告げています。

リチャード二世から王位を奪ったボリンブルックは、ヘンリー四世となり、ランカスター家を興します。父親のジョン・オブ・ゴーントが果たせなかった夢を果たしたのです。そして後継ぎである息子のヘンリー（＝ハル王子）は最後まで自分の欲望や正体を見せないように装います。ヘンリー四世の死の床で、ハル王子は死亡したと思いこみ、父親の頭を圧迫する王冠をもって部屋を出ます。王冠がないことに気づいたヘンリー四世は、息子が王の死を望み、イングランドをないがしろにすると嘆きます。

戻ってきたハル王子は王冠を返し、放蕩息子のふりをして、人々の目を欺いていた、と真意を父親に告げます。それに対して、王位簒奪に関する罪は自分の死とともにもっていく、と息子に言うのです。父親の手もとにある王冠を見ながら、次期王であ

るハル王子はこう述べます。

陛下。あなたが勝ち取り、身につけ、保ち、私に与えたのです（You won it, wore it, kept it, gave it me）。その結果、私が所有するのは明らかで、権利もあります。どのような痛みをともなっても、全世界に抗い、王冠を正統に持ち続けるつもりです。［4幕3場］

父親の後を継ぐ者としての謙虚な思いと自負が盛りこまれたセリフです。とりわけ、ハル王子がヘンリー五世として活躍することが予告されています。それとともに、「虚ろな王冠」を頂くことの苦しみをも引き受けることになるのです。ここには、王という仕事の心構えが描かれているのです。

◉エリザベスを継いだジェイムズ

エリザベスの死去でスコットランドからやってきたのがジェイムズ王でした。「悪魔学」や新大陸からやってきた悪習である「タバコの弊害」について論文を残す学者肌の王なのです。テューダー王朝の起源をたどった二つの四部作が観客に受けたのは、エリザベス女王とつながるからでした。

ところが、ジェイムズはスチュアート王朝出身で、テューダー王朝とのつながりはあっても異なる血筋の王家の出です。そこで新しい王の趣向に添うようにシェイクスピアたちが工夫したのが、スコットランドを舞台にした『マクベス』でした。現存する脚本には、『魔女』という劇を書いたトマス・ミドルトンの手も加わっていると考えられています。登場する歌や魔女に君臨するヘカテの出てくる場面が共通しています。

劇団という組織のなかで、共作は珍しくありませんでした。現代でも映画やドラマの脚本は共同作業で作られることが多いのです。たとえば、黒澤明監督が『マクベス』を日本の戦国時代に翻案した『蜘蛛巣城』（1957）の脚本には、小国英雄、橋本忍、菊島隆三、黒澤本人の四名が参加しています。黒澤組では、誰か一人の脚本とは呼べないほど各人のアイデアや意見が取捨選択されて展開が決まっていきました。

出来上がった脚本が、政治的に不適切な内容を含んでいるのかは重大な問題なので、宮内大臣の配下で脚本を検閲する祝祭局長が活躍しました。当時、祝祭局長だったのはエドモンド・ティルニーで、1579年から1610年まで30年以上脚本検閲を担当しました。ティルニーはエリザベスとジェイムズの二人の王に仕えましたが、同時にシェイクスピアが主な劇を書いた時期と重なっています。

劇の脚本はあくまでも劇団の所有物であり、残された脚本に他の劇作家が手を加えたり、複数の劇作家が分担してひとつの完成作品を仕上げるのも珍しくありませんでした。シェイクスピアも、当然手伝っていました。そして加筆訂正を整える専門の清書係が存在しました。国王一座のメンバーとして、ラルフ・クレインの名が知られています。清書係は一種の編集者でもあり、貴族などに献呈する脚本のコピーの作成もしました。もちろん、当時ですから手書きです。そのおかげで、書物として印刷されなかった原稿が後世に残っているのです。

『マクベス』では、冒頭から魔女たちが登場することが有名ですが、これは「悪魔学」を著したジェイムズの歓心を得るためでした。ジェイムズ王はスコットランドとイングランドの両方の王なので、エリザベス女王の場合とは異なった観点から、「王」を扱う必要がでてきます。

マクベスによるダンカン王殺しというスコットランドの王位簒奪の不正を、王の息子であるマルカムが正し、それをイングランド王が助けるという筋書きが選ばれました。クライマックスにあたる神が作ったはずの「バーナムの森が動く」というのは、魔女の予言ではありえないことの喩(たと)えでした。実際には、イングランド軍と反マクベスのスコットランド勢力の連合軍が、森の木々で擬装して攻撃してきたのです。

国王一座にとっては、舞台を観ているジェイムズ王の歓心を得ることが重要です。歴史上のマクベスは善政を敷いたともされ、史実とはかなり異なるのですが、その点は問題ではありません。ジェイムズ本人は、劇の冒頭でマクベスといっしょに魔女を見たバンクォーの子孫だと自認していたようです。ただしバンクォーは、3幕3場という劇のど真ん中で暗殺者によって劇的に殺されます。そして息子が生き延びて、ジェイムズ王と系譜がつながることが確認されます。劇の後半で王の先祖の恨みが復讐される過程が見どころとなったはずです。それをバーナムの森が動くというスペクタクルなイメージで表現したのです。

スコットランド王であると同時にイングランド王でもあるジェイムズに応じるように、イングランド王がもつ病を癒(い)やす霊的な力が、スコットランドを癒やしたかのように扱われます。マクベスに殺されたダンカン王の息子であるマルカムは、イングランドに亡命し、エドワード懺悔王（証聖王）のもとに身を寄せていました。そこにマクベスから逃げてきた貴族のマクダフがやってきます。マルカムはマクダフが自分を殺害にきた裏切り者ではないか、と最初疑っていたのですが、本心を知り、ともにマクベスと戦うことを誓います［4幕3場］。

イングランド王は登場しませんが、首にできるリンパ腺結核である「瘰癧（るいれき）」と呼ばれる病を王が治癒した、とされる逸話が紹介されます。イングランドの医師すらも驚く霊的な力なのです。対照的に、後に続く場面で、狂乱状態となったマクベス夫人をスコットランドの医師が診断します［4幕4場］。そして王殺しの大罪を犯していたことを知ると、彼女に必要なのは医師ではなくて、聖職者だと言います。治療できるものの違いが対比されているのです。

唐突に医師が登場して、イングランド王の力に驚嘆するセリフなので、ジェイムズ王の面前で上演する際に書き加えられたと推測されています。瘰癧を治す力が古代から王に与えられているとするのなら、それはイングランド王であるジェイムズにもつながります。実際、この風習は18世紀のジョージ一世までつづきました。(★2) それを目撃したマルカムは、マクダフに瘰癧の説明をして、さらに称賛します。

> 善き王にそなわる奇跡の技なのだ。この地イングランドに来て以来しばしば、技を目にしてきた。どのように天に乞い願うのかを知っているのは王ただ一人。奇病に見舞われ、腫（は）れ物ができて、目に憐れみを求める者、医術に絶望する者をみな、王は治癒するのだ。連中の首に金貨をぶら下げ、聖なる祈りを唱えるだけで。［4幕3場］

金貨と祈りで瘰癧を治癒するというのは、ジェイムズもおこなった技です。これは「タッチ・ピース」とも呼ばれるエンジェル金貨を使った「ロイヤル・タッチ」の話なのです。金貨の表面には大天使ミカエルがドラゴン（サタン）を退治する場面が刻印され、裏面には王立海軍の船と王家の紋章が入っています。ジェイムズ王の時代には銘として「これは神によってなされた」が彫られました。金貨が癒やす力をもつのは、大天使ミカエルと王とに備わる力が合体するからでした。

貴族のマクダフがマクベスと戦い倒し、その首を斬り落として捧げることで、皇太子マルコムが正統な後継者としてスコットランド王となって劇は終わります。次の王となる者の手は汚されずに、王冠が回復されるのです。こうして、ジェイムズにバンクォーの子孫としてのスコットランド王の血が、もう一方で奇跡の力をもつイングランド王の血が流れていて、両者を統合した正統な後継者であることが強調されているのです。このように美点を複数列挙することで、称賛の効果は倍増するはずです。

◉『ハムレット』の三人の息子

エリザベス朝からジェイムズ朝への継承は、父親から息子のものではなかったのですが、薔薇戦争の歴史劇を含めて、シェイクスピアの劇のなかでは、何度となく「父子」間の継承とその騒動が描かれてきました（「子」が息子を表現するところがまさに男性中心主義です）。ギリシア悲劇や古代の神話にまでさかのぼる古くて新しい主題でもあります。そして、多くの場合「父から息子へ」の継承そのものに疑問が向けられないのも、家父長制においては、これが第一義的で「自然」なものとみなされてきたからです。それは、大半の家系図が現在まで男性中心で描かれてきたことからもよくわかります。

たとえ女王の統治になったとしても、彼女に息子がいれば、多くの場合、次世代で息子の即位が優先されます。19世紀のヴィクトリア女王は、適切な継承者がいなかったので彼女が王位につきました。けれども、長女のヴィクトリアは母の名を継いでもヴィクトリア二世となることはなく、ドイツ皇帝のフリードリヒ三世の后(きさき)となりました。そして、弟で長男のエドワードが、エドワード七世となります。王位継承の順序がすでに決められていたのです。

エリザベス一世の場合には、未婚で子どもがいないので、家臣たち（とりわけセシル）の要望もあり、親戚でもあるジェイムズへの継承となったわけです。そうでないと、スペインなどのカトリック圏への揺り戻しも警戒されていました。この不安はジェイムズ王の暗殺を試みた火薬爆破事件として現実化します。現代のエリザベス二世の場合には、息子の、しかもチャールズという長男にすんなりと継承されました。

『ハムレット』は、皇太子であるハムレットが、デンマーク王国を父親から継承するのに失敗した物語です。正当な後継者として、王位簒奪者である叔父のクローディアスから王冠を取り戻すには、復讐によって叔父を成敗する必要があるのですが、失敗してしまいます。正確に言うと、叔父の命を奪ったが、自分も死んでしまい、正当な後継者が不在になった劇なわけです。そして、ハムレット、レアティーズ、フォーティンブラスという三人の息子の継承の成功と失敗の物語でもありました。

劇中に頻出する「父」という語は、この劇が父と息子の継承にこだわっているためでもあります。ただし、ハムレット個人の苦悩に還元できないのは、その双肩にかかっている責任や王冠の重さをハムレット本人が意識しているからです。

ハムレットは叔父のクローディアスを「父」として見ることができないだけではありません。亡霊となった前王の父親と、義理の父親にして現王、という二つの「父」からの言葉が彼を襲います（その向こうに神を「父」と呼ぶキリスト教の教えがあるはずです）。1幕5場で、亡霊と二人きりで話をしたときに、亡霊はハムレットに対して決定的な言葉を吐きます。

亡霊　お前が高貴な父を愛しているのなら、
ハムレット　なんと！
亡霊　汚(けが)らわしく、自然の理(ことわり)にもっとも反した人殺しの復讐をせよ。

ここでは、復讐が至上命令となります。「自然」に反していたからです。ハムレットは父親の亡霊の言葉が真実なのか、亡霊が本物かどうかを値踏みしながら、しだいに確信を深めていきます。今の亡霊のひと続きの文の間に、ハムレットの驚きの声が挟(はさ)まれることで、心の動揺がうかがえます。そして劇中劇を使ったあぶり出しという技を思いつき、順調に進んだように思えたのです。

ところが、『ロミオとジュリエット』でロミオがティボルトを殺したのと同じく、偶然がハムレットの計画を妨げます。オフィーリアの父親を誤って殺したことで、イングランドへの追放となるのです。ハムレットの傍らにポローニアスとレアティーズという父と息子の関係を置いたことで、ハムレットの苦悩が、彼らとは質が異なることが鮮明になります。『ハムレット』の原型となるアムレートの話でも、殺される者がいたのですが、シェイクスピアはポローニアスの一家に脇筋を広げて、デンマーク王家と対比させています。

ハムレットはドイツへと留学しましたが、レアティーズの行き先はフランスです。ポローニアスは、自分の体験からエチケットなど細かな指示を与えます。「皆の言うことはよく聞け、口出しはするな」「金の貸し借りはするな」と内容も実務的です［1幕3場］。さらにレアティーズに遊び癖がついて、悪い友達がついて借金に首が回らなくなったときに助けるために、レイノルドという従者に金を与えて、監視役兼援助役で送りこみます。フランス留学から帰ってきたら、おそらくレアティーズは父親の後を継いで、侍従長からさらに上を目指したのかもしれません。この劇で未来を閉ざされた若者はハムレットだけではありませんでした。

この劇のなかで、ハムレット本人が聞くのは、亡霊となった父親からの復讐の命令と、義父となった叔父(uncle-king)からの「お前を愛している」という欺瞞（ぎまん）に満ちた言葉だけです。この対比のなかで、別の父親の殺害者となってしまいます。ハムレットによる父親殺しのせいで急いでレアティーズがフランスから帰国したのは、ドイツから戻ったハムレットの行動の反復なのです。

レアティーズは、イングランドへ追放になったハムレットの殺人の真相を求めて、民衆を味方につけてクローディアスの王宮に迫ります。そこで、逆に言いくるめられてしまいます。そして殺人者ハムレットの復讐の機会が設定されたわけです。オフィーリアの埋葬でハムレットと再会したあと、剣の試合を装った復讐の場で、毒を塗った剣で殺害しようとするのです。

ところが、剣を交換したせいで毒を受けて、レアティーズも死んでしまいます。剣の交換のアイデアもアムレートの話にあるのですが、それはクローディアスにあたる王をアムレートが殺害するのに成功するときでした。ポローニアス一家においても、父から息子への継承が失敗します。しかもそれはハムレットが復讐をためらって、遅延したせいだと見えることでやりきれなさが募るのです。

さらに三人目の父と息子の継承が扱われています。それが、ハムレットと同じく先代の名前を継いだノルウェーの若いフォーティンブラスです。現在のノルウェーの王は叔父とされ、次の後継者となっています。つまりはハムレットやデンマーク王国とは鏡の像のような関係にあります。

1幕1場で、国境付近で軍隊の予行演習がおこなわれているという不穏な空気がホレーシオによって語られます。先王ハムレットを失ったデンマークは、対外的に緊張関係にあるわけです。クローディアスのすばやい戴冠(たいかん)も、リーダーの不在という政治的な空白を作らないという行為として正当化されました。

フォーティンブラスが、ポーランドへの遠征でデンマークの領海を横切るのを、追放されるハムレットは見送ります［4幕4場］。東西へと運命が分かたれた二人の後継者がそこで描かれます。

最後にフォーティンブラスは、イングランドからやってきた大使たちとともに、エルシノア内の血の惨状を見るのです。ポーランドでの戦さから帰ってきたばかりのフォーティンブラスは、「このような光景は戦場にふさわしい（Such a sight becomes the field.)」と言います［5幕2場］。

ハムレットの一族とポローニアスの一家が殲滅（せんめつ）させられ、結局デンマーク王国を継承したのは、フォーティンブラスですが、ハムレットがホレーシオに託した遺言でもありました。このこと自体が、エリザベス朝からジェイムズ朝への移行ともつながる雰囲気を伝えています。さまざまな思惑や謀略が隠れ、家庭内から路上までスパイや密告者が隠れ、オフィーリアへの恋文のような私信も家族に読まれ、王の信書もハムレットによって偽造され、狂気を演じる「佯狂（ようきょう）」など偽りに彩られた場所なのでした。

父王の亡霊が取りついたエルシノアの王宮が禍々（まがまが）しいのも、父親からの継承の失敗が最初から運命づけられた悲劇のせいかもしれません。「ハムレット（Hamlet）」のつづりがもとの「アムレート（Amleth）」を一字ずらしただけだ、というのはすぐに気づくことですが、選択した行為の掛け違いやズレによって、幸福な結末から悲劇へと転換したわけです。それがほんの一歩の違いだというのが教訓なのでしょう。

◉ジェイムズからチャールズへの継承

父親のヘンリーが息子のヘンリーにイングランドを継承するのを描いたのが、『ヘンリー四世・第2部』でした。リチャード二世から王位を奪ったという汚名を、父親が死とともに持ち去り、息子に王冠だけを伝えようとします。その期待に応じたように、『ヘンリー五世』で理想化された王が姿を見せます。

ロンドンの下町で庶民と交わる悪評高い皇太子が、フランスとの戦いに勝利し、フランス王女と領土を手に入れる、という理想の君主に変貌する物語でした。フランドル（現ベルギー）生まれのジョン・オブ・ゴーントが祖父にあたるわけで、大陸の領地を取り戻したのは、その願いも汲んだものかもしれません。

それに対して、ハムレット王が皇太子ハムレットに王国を継承しそこねたのが『ハムレット』の悲劇でした。父王はハムレットが留学中に毒殺され、ヘンリー四世がハル王子に王としての務めについて語って聞かせたような場面はありえません。ハムレットに語ったのはあくまでも煉獄を彷徨っているという父親の亡霊でした。しかも、最初から復讐によって、王位を奪い返すという役割を押しつけられたのです。そこには王についての心構えの伝達など存在しませんでした。

ジェイムズ王も当然ながら、後継者について頭を悩まし、チャールズという息子への継承に成功しました。母親は、デンマーク王クリスチャンセン四世の娘アンでした。ジェイムズ王は1589年に、アンとのデンマークでの結婚式からスコットランドへの帰りに、嵐にあって、退避のためにノルウェーに数週間滞在しました。

この出来事を魔女の仕業と考えて、デンマークで船に呪いをかけたとして、ノルウェーで魔女裁判がおこなわれ、犠牲者も出ました。それを聞きつけて1590年には、スコットランドのノース・ベリックで魔女裁判が始まりました。ジェイムズ王は本格的に魔女狩りや「悪魔学」の探究へと向かいました。『マクベス』のなかにそうした関心への応答が表現されているのは間違いありません。

ジェイムズ王とアン王妃のエピソードは、1611年の『テンペスト』へとつながっていきます。イタリアから対岸のアフリカのチュニジアへと結婚式に向かった帰りに、ナポリ王とミラノ大公の乗った船が嵐に遭遇します。そこでは王位継承をめぐる陰謀のひとつは未然に防がれ、もうひとつの過去の因縁は和解に至ります。その被害者で公国から追放されたのは、学級肌である前ミラノ大公プロスペロで、魔術を駆使する人物です。ジェイムズ王の嵐の体験を踏まえ、それとなく暗示したり、トラウマを和らげたりするのも、国王一座の役目のひとつだったのでしょう。

さらに父親のジョン・シェイクスピアから息子のウィリアムへの後継問題が潜んでいるのかもしれません。そして今度はシェイクスピアはハムネットという後継者を喪失し、未来を託すのは二人の娘とその子孫なのでした。近代の作家のように自己表現のために劇を書くわけではないシェイクスピアには、自分の思いを劇中にひそかに紛れこますしか方法はなかったのです。

ジェイムズ王は1625年に死去しました。その後、アン王妃との間に生まれたチャールズが王位を継承しました。スチュアート王朝はスコットランドだけでなく、イングランドでも続いたのです。ところが、このチャールズ一世は、大内乱（ピューリタン革命）で、オリヴァー・クロムウェルの軍によって、1649年に斬首刑に処せられます。「この王笏が与えられた島」であるはずのイングランドが、王制の空白を招き、共和制となりました。

そして、まるで、『マクベス』のなかでダンカン王の息子のマルカムがイングランドに亡命したように、今度はチャールズ一世の息子であるチャールズ皇太子が、母親であるヘンリエッタ・マライアの伝手でフランスへと逃れます。その後、オランダ、ドイツ、スペイン領ネーデルランドなどを転々としながら、スコットランド王としての名称を持続して亡命生活を送っていました。オリヴァー・クロムウェルが亡くなり、その息子のリチャードが後を継いで護国卿となったのですが、政権を維持することはできませんでした。

スコットランドからの軍隊が入り、ようやく1660年に、皇太子はチャールズ二世として、父のもっていた土地と王冠を手に入れて「王政復古」したのです。そのとき大陸から持ち帰った文化のひとつが女優という制度で、少年俳優を使ったエリザベス朝演劇とは異なるものが繰り広げられることになります。ただし、チャールズ二世は、報復を恐れて寛大な処置をとり、リチャード・クロムウェルも85歳まで生きながらえたのです。

初期近代の「エリザベス➡ジェイムズ➡チャールズ」という流れをどこか思わせるように、エリザベス二世のあとに、三度目のチャールズであるチャールズ三世が誕生しました。2022年2月にコロナに感染し、後遺症で体が衰弱したともされる女王がスコットランドで亡くなる前に、どのような言葉を、母親として、女王として、後継者である息子に伝えたのかは知りようもありません。

1952年に女王が父親であるジョージ六世から継いで、70年守った王冠を手渡すことの心得が、リチャード二世のセリフのような「虚(うつ)ろな王冠」の物語だったのかもしれません。あるいはジョン・オブ・ゴーントのセリフにある「このイングランド」の誇りだったのでしょうか。そして、チャールズ皇太子は、ハル王子のように王冠を守ると応じたのでしょうか。

このように「父」から継ぐことのさまざまな難題と解決の成功と失敗とが描き出されていて、いつでも参照できるのがシェイクスピア劇の魅力なのです。それは王位の継承のような読者や観客の立場から遠い出来事であっても、古くから続く家を守ろうとする親子（父親や息子とは限りません）において無縁ではなく、ヒントも与えてくれるでしょう。

（★１）宮内大臣もジェイムズ朝になって、初代サフォーク伯爵へと交代しました。宮廷の催し物が、変更されたのにも、こうした人脈の影響もあります。ただし、サフォーク伯はカトリック信者だったので、スペインとの関係を修復しようと試み、プロテスタント派の貴族たちの讒言（ざんげん）により地位を失いました。1605年に起きたカトリックのイエズス会によるジェイムズ王暗殺未遂の火薬陰謀事件で、逆風が吹いたからです。

（★２）「瘰癧」を扱った古典的な評論としては、Raymond Crawfurd, *The King's Evil*（1911）やマルク・ブロック『王の奇跡――王権の超自然的性格に関する研究／特にフランスとイギリスの場合』井上泰男・渡辺昌美訳（刀水書房、1998年）があります。

コラム③

大悪党だって悩みます

劇のなかで、「敵」にあたる憎いはずの相手が、悩みや苦しみをもつ人物だと知ると、調子が狂うかもしれません。しかしながら、生まれたときから全面的に悪い人などいないはずです。人間関係でのすれ違いや勘違いによって、憎悪が増幅し、対立が深まり亀裂も広がるのです。

劇のおもしろさや魅力のひとつは、現実社会では否定されるとか困ったキャラクターをもつ人物を通して、人間の苦悩に迫るところでしょう。それに、シェイクスピアの手法は、人間どうしのぶつかり合いから課題を浮かび上がらせ、その解決の是非を観客に判断させることでした。悪役にあたる人物であっても、多面的に表現されています。だからこそ、『ヴェニスの商人』の悪役であるシャイロックが述べるユダヤ人差別への抗議が、後世において切実なセリフとして読み直されたのです。

ハムレットの父親を暗殺したクローディアスが祈る場面がでてきます［『ハムレット』3幕3場］。そして、「おれの悪行は悪臭を放ち、天まで臭いが届いている（it smells to heaven）」とモノローグを始めます。観客は悔いる側面をもつクローディアスのセリフを耳にしますが、そこにハムレットが登場して、復讐のチャンスだと思うのです。ハムレットは外面からクローディアスが罪を悔いていると判断し、今殺害すると天国へ行ってしまうので次の機会を待とう、と実行をためらいました（第４章参照）。

ところが、クローディアスは祈りをやめて立ち上がると、「言葉は天へと舞い上がったが、考えは下界にとどまっている。考えのない言葉は天へと決してたどり着かない（My words fly up, my thoughts remain below./ Words without thoughts never to heaven go.）」と述べます。悪臭は天まで届いても、自分の言葉が心のこもらない空虚なものだと判断できているのです。クローディアスは、論理的で自己完結するキャラクターです。このあたりが、矛盾に苦しむハムレットと相容れない要素だったのかもしれません。

もちろんクローディアスもかなりの悪党ですが、おそらくシェイクスピア劇でいちばんの大悪党とみなされるのが、リチャード三世でしょう。彼が直接殺害したなかには、ヘンリー六世とその皇太子がいます。さらに、自分の妻のレディ・アン、次兄のクラレンス公ジョージ、兄エドワード四世の妻の親族たち、さらに王位継承権をもつ二人の甥の王子たちの暗殺を指示しました。まさに血塗られた王となります。最後のボズワースの戦いで、後にヘンリー七世となるリッチモンド伯に倒されてしまいます。このように多くの死に関わったので、リチャード三世は殺人マニアに思われがちですが、そもそも生まれたときから悪党だったはずもありません。しかも『ヘンリー六世・第２部』、『ヘンリー六世・第３部』、『リチャード三世』と三作品にわたって姿を見せているのです。

リチャード三世が、身体的に不自由な外観から、生まれつき差別を受けていたのは間違いないでしょう。「出来そこない」とか「ヒキガエル」と忌み嫌われています。しかもリチャード三世は他人から自分がどう見られているのかを十分に意識しています。『リチャード三世』の冒頭のモノローグで、ヨーク家が勝利し兄エドワードが王になり、周囲が浮かれているときに、グロスター公リチャードは、自分が仲間はずれでいることを理解しています。「おれは、お楽しみのためにふさわしく作られているわけじゃないし（I, that am not shaped for sportive tricks）」と自己否定の言葉を述べます〔1幕1場〕。ここでは恋の語らいなどの楽しみのことだったのですが、自分は暗殺の指示のような別の楽しみを見つけるというわけです。しかも、兄のエドワードも、次兄のジョージも踏み台にして自分が王位につく策略をリチャード三世は練っていきます。

リチャード三世を王位に駆り立てた原因の一つは、父親リチャードとの関係でしょう。曽祖父である初代のヨーク公以来、王冠を手に入れるのがヨーク家の悲願でした。そして、父親のヨーク公リチャードは、ヘンリー六世を追い詰めて、王位を手に入れかけますが、結局ランカスター家に殺されてしまいます〔『ヘンリー六世・第3部』2幕1場〕。そのときに「父リチャードと同じ名をもつリチャードが、あなたの復讐をします（Richard, I bear thy name; I'll venge thy death）」と言い放ちます。兄が二人もいて王位継承順位は低いのですが、父親と同じリチャードという名を継いだために、どんな手段をとっても自分が王になるという強迫観念をもったのかもしれません。王侯貴族や政治家一族に生まれた者がもつ宿命でもあったのでしょう。リチャードという名前が呪縛をし、怪物を作り上げたのかもしれません。

もう一つ重要なのはリチャード三世を産んだ母親との関係です。母親は、リチャード三世の所業を忌み嫌い、「お前を呪われた子宮のなかで絞め殺していたら、恥しらずなお前がやった殺害をみな防げたのに」〔『リチャード三世』4幕4場〕と拒絶の言葉を吐くのです。これは誕生の全否定であり、母親と子どもの関係を終了させるものです。生まれたときから、母親に拒絶されていたリチャード三世が、健やかな心をもって育つはずもありません。

このように、劇のなかでリチャード三世のキャラクターが、家族関係や人間関係によって生み出されたと見えるところに、シェイクスピアの仕掛けがあります。リチャード三世といえども、一日にして出来上がったわけではない、と思わせてくれるのです。もちろん、2012年に駐車場の下から遺骸が発見されたので、今後研究も進み歴史上のリチャード三世像は訂正されていくはずです。しかしながら、歴史上のリチャード三世像がどうあれ、劇のなかで、単なるリチャードが、怪物リチャード三世となる軌跡が描かれているところが魅力になっているのです。

第❹部

組織のなかで生きるとき

第8章

「私は陰謀家のシナじゃない」
〜差別から抜け出したいとき〜

◉社会が差別を生成する

日々のニュースには、差別による被害の話がよく出てきます。人間社会の常なのでしょうか、それとも人間の性(さが)なのでしょうか、消えることはありません。あらゆるところに亀裂や分断が入りこんで差別を生み出しているようです。身近なところでも、子どもから大人まで、集団のなかでの「いじめ」や「無視」や「村八分」は今でも存在し、さまざまな事件や、ときには死にもつながったりしています。

残念ながら、どのような社会であっても、差別を完全に解消したところは現在まで存在しません。フランス革命後に「自由・平等・博愛（友愛）」という人間の平等や対等となる目標がスローガンとして掲げられました。これは明治維新後の日本にも大きな影響を与え、中江兆民らの自由民権運動へとつながりました。(★1)

ただし、「平等」といっても限定的であり、恩恵が受けられる対象は、共和国の内部にいる「国民」だけでした。そして、共和国を守るために敵と戦う義務が課せられました。たとえば、フランス革命の理念を受け継ぐスイスは、共和国を守る「国民皆兵」という制度を制定しています。このように、国の「内」と「外」をわける区別が存在します。国境のような境界線が引かれて、どちらに属すのかが問われたときに、区別とそれに基づく差別が目に見える形で表れます。

差別がまったくない世界というのは、「ユートピア」か「理想郷」として、人類の永遠の夢なのでしょう。ユートピアの原義が「どこにもない場所」であるように、現実社会の反転像として描かれるのです。実際には、人種や民族、地域差、国籍、階級や身分、宗教や信条、性別、身体的特徴、顔立ち、とあらゆる場面で人間は「自他」を区別します。区別をするだけならまだいいのですが、そこに優劣の基準を持ちこむのです。そうすると差別が発生します。

差別はたとえ「自分（I）」と「あなたたち（you）」のように個と複数との対立として表れたとしても、背後には、価値観が異なる「自分たち（us）」と「あいつら（them）」という集団どうしの対立があります。また、集団の団結を守るために、「スケープゴート」（犠牲山羊）となる相手を見つけて、それを皆で血祭りにします。その場合には、立場が弱い個人や少数者（マイノリティ）に対して、多数が、間接的で柔らかな、ときにはむき出しの暴力をふるいます（もちろん、植民地のように、立場の弱いマイノリティが多数を占める場合もよくあります。マイノリティは人数のことを指しているとは限りません）。その際に、相手を差別し排除する大義名分として振りかざされる価値観も、じつはあまり根拠のないものだったりします。

差別が生まれる瞬間が、『ジュリアス・シーザー』で見事に写し取られています。シナという詩人が、シーザー暗殺の陰謀に加わった者と名前が同じだからという理由で、市民たちから暴力を受けます。アントニーの演説によって、それまで暗殺をしたブルータスの支持派だった市民たちが、立場を替えて反ブルータス派となりました。彼らは、暗殺陰謀の支持者をあぶりだすために、通りすがりの者が敵か味方かを判定する「誰何(すいか)」をおこないます。詩人のシナは、人違いだと主張しても、暴徒たちに信じてもらえませんでした。

詩人シナ　本当に、私の名前はシナなんだ。
市民一　八つ裂きにしろ。こいつは陰謀の一味だ。
詩人シナ　私は詩人シナだ。詩人シナなんだよ。
市民四　詩が下手くそだから八つ裂きだ。詩が下手なやつだから八つ裂きにするんだ。
詩人シナ　私は陰謀家のシナじゃないんだ。
市民四　そんなことはどうでもいい。名前がシナなんだ。こいつの名前だけ心臓からえぐり出し、それから通してやれ。[みなシナを攻撃する][3幕3場]

昨日まで同じ市民と思われていた人物が、陰謀家のシナと名前が偶然に一致したせいで、いわれのない暴力をふるわれます。詩人のシナには何の罪もありません。ところが、人々の間に予告もなくこうした亀裂や境界線がいきなり生じます。差別の問題の困難さは、つねに差別されているというだけでなく、何かのきっかけで表面化するところにあるでしょう。

しかも市民たちがシナに暴力を加える理由が途中で「詩が下手だ」に変わり、完全に後づけのものとなるのです。いじめる獲物が見つかりさえすれば、市民たちは暴力の快感に酔いしれて、根拠などもはや不問になったわけです。たとえ誤解がとけたとしても、イタチごっこのように、また別の面での差別と暴力が生じます。差別が暴力につながる実例は、シェイクスピアの作品世界で多数描かれています。それは社会が軋轢(あつれき)に満ちていたからでもあります。

シェイクスピアが活躍したのは、イングランドが海洋国家へと進展していく時期でした。百年戦争の敗北により領土が縮小したイングランドそのものが混乱し、ランカスター家とヨーク家の内乱もあり、さらにヘンリー八世のカトリックからの離脱とその後の復帰をめぐり、国内がマクベスの魔女たちの大鍋のなかのように煮えたぎっていました。エリザベス朝を通じて、対外戦争も多数ありました。とりわけ無敵艦隊をイングランド本土にまで呼び寄せたスペインとの英西戦争は、スペイン本土への攻撃や、カリブ海など新大陸でも戦闘がおこなわれ、大西洋を挟んだグローバルな戦争でもあったのです。

さらにジェイムズ朝で、イングランドはスコットランドと一人の君主が兼任する同君連合となり面積と国力が増えます。そして、ジェイムズ王は、スペインと停戦協定を結び、ヨーロッパのカトリック勢力ともプロテスタント勢力ともバランスをとるために、息子はスペインの王女と結婚させ、娘はドイツの王のもとへ嫁がせます。そうしたなかで、イングランドは植民地主義を「拡張主義（expansionism）」と読み替えて、海外の植民地を獲得していきます。

北米大陸でも、エリザベス一世にちなんだ「ヴァージニア」を冠したノアークの植民地、さらにジェイムズ一世にちなんだ「ジェイムズタウン」の建設を進めます。スペインとの対決だけでなく、アイルランドの植民地化と反乱があり、延ばした海洋国家オランダとの競争も起きました。

こうした世相を踏まえて、当時のロンドンで考えられる多様な差別が作品に書きこまれています。差別が生じる場は、先ほどのシナの一件のように多様で、しかもいきなり生じます。男女の性差による差別に関しても、第6章の父と娘の関係で触れたように、家父長制のなかで理不尽な例を目にします。

いずれにせよ、差別を生み出すシステムの外に出ようとしても外に出られないジレンマと、そのシステムに抗(あらが)うことや、システムに押しつぶされることが、差別にはつきまといます。そのため、当事者は、ハムレットが嘆く「デンマークは牢獄だ(Denmark's a prison)」のように周囲の状況に囚(とら)われるのです[2幕2場]。

シェイクスピア劇では、差別に苦しむ者が主人公となるとか、重要人物として登場するせいで、今でも広く共感を呼ぶのでしょう。現代において、差別において対立点を生むものとして第一にあがるのが、人種や民族という属性であり、シェイクスピアは真正面からこれを扱っています。

◉二つのヴェニス劇と差別

シェイクスピア作品で人種や民族の差別を扱った劇といえば、『ヴェニスの商人』と『オセロ』という二つの「ヴェニス劇」がすぐに名前があがります。ヴェニス（ヴェネチア）共和国を舞台にして、かたやユダヤ人の商人シャイロックをめぐる「人肉裁判」騒動の喜劇、他方はオセロという黒人将軍の異人種間の結婚をめぐる悲劇であり、それぞれのジャンルの代表作といえるでしょう。二つの作品がヴェニスを舞台にしているのは偶然ではありませんでした。第1章で触れたように、シャイロックの裁判は法をめぐるものでした。

海洋国家として進展するイギリスにとって、東方貿易で栄えたヴェニス共和国が想像上のモデルともなりえたので、そこで展開される商業と契約と法、あるいは軍事と異人種間の結婚をめぐる物語に関心が向けられたのです。

現在では、肌の色などで分類する人種という概念は、生物学的な根拠をもつものではなくて、社会的に形成された指標にすぎないとされます。民族といっても、ユダヤ人は実際には顔立ちなどはさまざまで、あくまでも宗教を基準とした区分なのです。

ユダヤの律法でユダヤ人と認定されるには、ユダヤ人の母親から生まれるか、正式にユダヤ教の信徒になることが必要です。ユダヤ人の男性が、たとえばキリスト教徒の女性との間に子どもを成しても、ただちにその子どもがユダヤ人とは認められません。男女で扱いに違いがあります。

ムーア人に関しても、「肌の黒い白人」という言い方で、その他のアフリカ系の人々との違いを際立たせる主張もありました。歴史的には消えてしまった概念なのですが、さまざまな血の混交を重ねた人々に対する便利な指標として、ムーアとかモーロが使われてきたのです。そもそも「有色人種（colo(u)red）」という表現自体に、「白」を優先する発想がにじみ出ているわけです。

民族という考え方、とりわけ他からの混交を免れた純粋な民族というものは、ナチス・ドイツの「アーリア人神話」のように虚構でした。だからこそ、民族の純粋さを強調する「民族純化」のために、ユダヤ人などを排除し、物理的つまりは身体的に「民族」を殲滅（せんめつ）する暴挙に出たのです。民族の違いは、身体や言語や文化の特徴の程度や度合いの違いとされます。それだけに、特徴を細分化して、その差異に敏感になり誇張することは、類型化やパターン化された「ステレオタイプ」として差別へとつながっていきます。

こうした差別や偏見が生み出されるときには、ローマの市民たちが詩人シナに対して実行したように、何らかの口実で、共存状態が破綻し、亀裂が走ります。さらに、後づけによって、敵対する者に邪悪な存在というレッテルが貼られるのです。

劇で表現されているかぎりでは、ヴェニス共和国は、ユダヤ人の場合には、キリスト教徒にとって国内では困ったときの金策に必要とされ、ムーア人は傭兵かせいぜい将軍として、海外での戦争の最前線に派遣されていたわけです。共和国の構成員として共存している限りは、シャイロックはユダヤの金貸しで終わり財産の没収もなく、オセロも将軍職を解任されることはなかったはずです。商人や軍人の日常生活に亀裂が入って、悲劇的な結果となる劇なのです。

シェイクスピアが描いているのは、差別される者としてのシャイロックやオセロの主観的な記録や告白ではありません。彼らが悲劇的に破滅するプロセスには、人種と民族の問題だけでは説明できないジェンダーや宗教や階級や身分など、複数の軸が絡まっているのです。差別を生み出すシステムが複合的に形成されていることが劇全体からわかります。

◉資金調達とリスク回避

『ヴェニスの商人』のなかでシャイロックが差別されるのは、ヴェニス共和国の経済の成り立ちに原因があります。中心となるのが農業などの生産ではなくて、交易による経済活動のため、アントーニオの財産は不動産ではなくて、すべて船とそれに載せた交易品という動産です。対照的にポーシアが父親から譲り受けた財産がベルモントという土地に根ざしているのとは異なります。

そこでシャイロックは借金の話をバサーニオが持ちこんできたとき、人柄ではなくて、あくまでも財産のリスクを計算します。

> でも、彼の財産はみな推定にすぎない。トリポリに向かう船があるし、別のはインドに行っている。交易所でさらに知ったが、三番目はメキシコにいるし、四番目はイングランドに向かっている。そして、彼がもつ他の投機対象は、みな海外にさまよっている。だが、船など板切れにすぎない。船乗りも人間だ。陸のネズミ、船のネズミもいる。水上の盗賊に、陸の盗賊、海賊たちもいる。波や風や岩の危険もある。にもかかわらず、アントーニオは合格点だ。［1幕3場］

シャイロックがアントーニオに関する正確な情報をつかんでいる点が重要でしょう。その上で、3000ダカットを貸しつけるのに十分合格だと認めるのです。アントーニオの投資と回収がうまく循環しているときには良いのですが、血液にも喩えられる運転資金が止まると、いきなりすべてが終わってしまいます。

この劇がアントーニオの心臓近くの肉を切り取る際の「血」をめぐる劇になったのも、ヴェニスの交易が循環を前提にしているからでしょう。そして、シェイクスピアの父親が税金の支払いのために資金が尽きて、ウィリアムとギルバートの兄弟が学校を途中でやめざるを得なかった理由もそれでした。商売における金の流れの重要性を、シェイクスピアは肌身で知っていたのです。

今回のアントーニオの借金は、企業家にとって必要な運転資金ではありませんでした。しかも、3000ダカットは、仲間であるキリスト教徒たちがおいそれと融通できる金額でもなかったのです。けれども、バサーニオは求婚資金の調達に成功し、大金持ちのポーシアというリターンを得ます。3倍払ったとしても十分に元をとることができたでしょう。

もしも武器や食料など戦費の調達に手元の金が不足したら、ヴェニス共和国はユダヤ人に利子を払ってでも資金調達が必要となります。リスク回避のために、ゲットーのなかで商売をさせているわけです。同じヴェニス共和国を舞台にした『オセロ』に出てくる海軍の船の資金源に関しての言及はありませんが、オスマン帝国の艦隊との戦いを続けるには、戦費としての豊富な資金が不可欠なのです。

◉シェイクスピア作品のムーア人

『オセロ』では、ヴェニス共和国を舞台にしても、金融面ではなくて、軍事面の話となります。主人公のオセロ将軍はヴェニス共和国の上院などを構成する人々とは肌の色が異なる「ムーア人(＝モーロ人)」とされます。

「黒い白人」などともされ、レオナルド・ダ・ヴィンチのパトロンだったミラノ公爵のルドヴィーコ・マリーア・スフォルツァや思想家のカール・マルクスは、肌が浅黒いことから「モーロ」とあだ名をつけられました。それだけ相対的な表現であり、ムーア人という言葉が指す対象は広いのです。ムーア人は、北アフリカからヨーロッパのイベリア半島に進出し支配したことで、さらに混血や文化の混交が進みました。現在は使われない歴史的な用語ですが、ベルベル人がそれに相当すると考えられています。

ムーア人は地域性を背景にしているのです。オセロは、デズデモーナに渡したハンカチについての来歴を語りますが、北アフリカの歴史がさりげなく折りたたまれています。

> あのハンカチーフは、あるエジプト人が母に与えてくれたものだ。彼女は魔術師で、人々の考えをほとんど読むことができた。彼女は母に向かって、もっている間は、父に愛され、愛によって完全に征服できるが、それを失くすとか、誰かに与えたら、父の目は母を嫌い、心は別の新しい恋へと向かうだろう、と言った。そして、死ぬときに母が私にくれ、将来妻を持つことになったら与えるように言い、おれはそうしたし、ハンカチーフに気をつけているのだ。［3幕4場］

オセロの言う「エジプト人」は、インドからやってきた流浪の民としての「ジプシー（現在では「ロマ」などと呼ばれています）」と混同されました。「人々の心を読む」というのは、占いなどともつながります。このハンカチは、どうやら女性がもつと効果を発揮するようです。オセロに向けたデズデモーナの愛情を生んでいるのが、はたして本人の魅力そのものだったのかを疑わせるセリフともなりえます。

デズデモーナが落とした後、エミリアを経てイアーゴの手に渡ったわけですが、本来の所有者がもっていた魔力は失われてしまいました。しかもさらにキャシオ、そして娼婦のビアンカへとハンカチは手渡されていきます。

エミリアに渡ったあと、ハンカチは魔力はもたず、単なる物体でしかありませんでした。オセロはムーア人として、愛に対するハンカチの魔力を信じています。だからこそ、その紛失が許せないのです。軍人としてのオセロが、ヴェニス共和国が覇権を争うオスマン帝国との敵対関係の戦闘で培(つちか)ってきた信用が、ハンカチーフや軍服や脱ぎ捨てた衣のように、その体から離れていくことで悲劇となっていくのです。

ムーア人はシェイクスピアの他の劇にも登場します。『ヴェニスの商人』では、ベルモントにいるポーシアへの多数の求婚者の一人として、モロッコ王が登場します。彼は明らかにムーア人の特徴を備え、まずは「私を顔の色で嫌いにならないでください」とポーシアに断るのです。ここにあるのは、重要なのは外観ではないという訴えです。ところが、モロッコ王本人が、見かけから金の箱を選んだことで、外れをあててしまい、「光るものすべてが金にあらず(All that glitters are not gold)」[2幕7場]という教訓を得るのです。箱選びの結果しだいでは、ポーシアがデズデモーナと同じ立場になる可能性もありました。

さらに、シャイロックの下僕だったランスロット・ゴボーは、ムーア人の女性を妊娠させた過去もあると暴露されます[3幕5場]。ここからヴェニスにおけるムーア人の扱われ方がわかります。ゴボーが妊娠させた女性が出産したのかは定かではありません。もしも「混血児」が生まれたらどうなるのかを描いたのが、『タイタス・アンドロニカス』でした。シェイクスピアが最初に執筆した悲劇とされます。そこで活躍するムーア人のアーロンというキャラクターは、「悪役」なのですが特筆に値します。

アーロンはタモラというゴート人(族)の女王の愛人でした。

そして、タモラはローマの将軍であるタイタスに、自分の息子を殺されました。復讐するためにローマ皇帝の妻となり、腹いせに、母親の命令で、他の息子たちがアーロンの助けを借りて、タイタスの娘ラヴィニアを凌辱し、告げ口が不能なように舌や手を切り取る、という残酷な仕打ちをします。その真相を知ったタイタスは、娘への復讐として、犯人の息子たちの肉をパイに入れて母親に食べさせます。シェイクスピア随一の残酷劇です。

復讐が復讐を生む劇のなかで、アーロンはタモラの片棒をかつぐのですが、彼女が出産した子がじつは自分の子で「混血」であることを知ります。その子を殺そうとするタモラを裏切り、子どもを救い出し、ゴート人を率いてやってきたタイタスの息子ルシウスに「王族の血が流れている」と言ってその子を預けるのです［5幕1場］。タイタスは、恥辱にまみれた娘のラヴィニア、そして憎むべきタモラを殺し、タモラの夫の皇帝サトゥルニウスに殺されてしまいます。今度はルシウスが父の敵となるその皇帝を倒して、次のローマ皇帝となるのです。

史実には基づかない神話的な話ですが、異人種間結婚がもたらした次世代が否定されなかったところにこの劇の独自性があります。父親のアーロンは空腹死させる刑で生き埋めとなります。しかしながら、ここでのムーア人は、地中海を離れたゴートにまでたどり着いて、子孫を残したのです。

国際的に海外に開いているロンドンにおいて、ムーア人自体は無縁の存在ではありません。交易や交渉相手として姿を見せることもありました。エリザベス女王の許を1600年に訪れたモロッコの大使の肖像画が残っています。シェイクスピアの『ソネット集』に出てくる語り手である詩人の愛人となる「ダーク・レディ」

を比喩としてではなくて、肌の色が黒い女性だとする説さえあります。

ただし、こうしたムーア人は実際の舞台では、「白人」によって演じられました。ユダヤ人と同じく、ムーア人がロンドンには希少か存在しないと思われていたからこそ、実態とはかけ離れた「悪役」や「道化」として利用されたのです。そして、空疎な記号と化して、経験や知識によって情報がアップデートされる機会もないまま、ステレオタイプとそれに基づく偏見が増殖していったのです。

◉キリスト教とイスラム教

二つのヴェニス劇で描かれているのはあくまでも虚構のヴェニスですが、それだけに社会がもつ差別のあり方が明らかにされています。アントーニオの船が無事に戻ってくるには、海路を維持し、人や物流を確保するための軍事力が必要となります。ヴェニス共和国を舞台にしたもう一つの劇がオセロ将軍の悲劇なのはそのためです。

『オセロ』は三組の男女の物語です。オセロ将軍と上院議員の娘であるデズデモーナ、そしてオセロの旗手であるイアーゴとデズデモーナの侍女のエミリア、さらに中尉に出世をしたキャッシオと娼婦のビアンカとが登場し、もつれあいます。イアーゴは自分の昇進を妨げたオセロに対する復讐として、ムーア人に対する人種や民族的な差別を利用します。

まずは、デズデモーナの父親であるブラバンショーが寝ているところをたたき起こして、オセロが娘を奪って、結婚しようとしていると注進しました。ところが、父親のブラバンショーが訴えたにもかかわらず、ヴェニスの大公によって結婚が認められてしまいます。オスマン帝国と対決するキプロスでの情勢が急を要するので、オセロを軍人として派遣するのを優先したのです。ヴェニス社会は、人種や民族の偏見をとりあえず乗り越える実力主義を採っているのです。このため、この結婚をめぐる騒動を起こすことで失墜させるというイアーゴの思惑は外れたのです。ブラバンショーは、娘を失った悲しみのあまり、亡くなったことが最後にわかります。

そこで、イアーゴは次のチャンスを利用します。オセロの軍団がキプロスへと赴任した後です。キャシオが夜警で騒動を引き起こし不始末をしでかします。そこでキャシオは、上司の妻であるデズデモーナに自分の失敗をとりなしてくれるように頼んでいるところに、イアーゴとオセロが通りかかったのを知り、あわてて離れます。デズデモーナはとどまっていっしょにオセロに嘆願すると言うのですが、キャシオは恐れて辞退をしたのです。その機会を利用して、イアーゴは疑惑の心をオセロに植えつけるのに成功します。

イアーゴ　おっと、これはまずいな。
オセロ　何か言ったか。
イアーゴ　何でもありません。
オセロ　いま妻から離れたのはキャシオじゃないのか。
イアーゴ　キャシオ、ですって。まさか、そうは思いませんね。あなたが近づくのを見かけて、まるで罪人みたいにこっそりと離れるなんて、彼ならありえません。
オセロ　あいつだったと思うぞ。［3幕3場］

まさに「獲物がつり針にかかった」とイアーゴが手応えを感じる場面でしょう。キャシオの姿をオセロが視野に入れているのを利用したのです。そこに「罪人みたいに」とか、「こっそりと離れる」という悪い印象を与える言葉を使ったせいで、オセロが他の解釈ができないようにして罠にはめていくのです。そして、ヴェニス出身のデズデモーナとフィレンツェ出身のキャシオが「白人どうし」で親密であるという疑惑を与えることに成功します。その疑惑がオセロの内面にある差別や偏見をもたれることへの反発、つまりコンプレックスを引っ張り出すことにつながるのでした。

オセロがこうした差別や偏見を振り払うには、ヴェニス共和国の敵となるイスラム教徒の国であるオスマン帝国のトルコ人と戦うことによって証明するしかありません。キプロス派遣に選ばれたのも、オセロの卓越した戦闘能力からでした。

オセロはマイノリティであるヴェニスのムーア人が、キリスト教社会に過剰適応した例なのです。しかも、オセロが不調であるようすから、ヴェニスからの手紙では、キャシオにキプロスの司令官の地位を任せ、モーリタニアへと向かうように、という指示が告げられている、とイアーゴは言います［4幕2場］。モーリタニア王国はアフリカの西側にあり、ムーア人がいるとされる場所です。『ヴェニスの商人』のモロッコ王が統治する場所の南にあたります。ヴェニス共和国としては、別の前線への配置転換ですが、オセロの出身地に近づけたようにも見えます。やはり一種の左遷でしょう。

キリスト教がユダヤ教と異なり人種や民族を問わない世界宗教

だからこそ、オセロもキリスト教徒でありえるのです。それが肌の色による差別を超えるためのよりどころなのです。オセロは、実力主義を建前とするヴェニス社会だからこそ昇進できたわけです。それが、ヴェニス共和国の一員の証(あか)しとなるキリスト教徒として死にたい、という欲求へとつながっています。

オセロたちにとって最悪の状態は、「トルコ人になる（turn'd Turks)」つまりイスラム教徒に改宗させられることです。この差別的な言葉は、酒の不始末をしでかして騒動を起こしたキャシオたちに向けたものでした。また、『ヴェニスの商人』で、大公はシャイロックに向かって、訴状の取り下げを勧めるときに、ヴェニスの市民なら、「トルコ人やタタール人のように強情」ではないだろう、と説得します。オスマン・トルコ（オスマン帝国）が脅威として念頭にあるのでしょう。

オセロは、エミリアの口からハンカチをめぐる真相を聞きつけると、イアーゴにだまされてデズデモーナを殺したことを後悔します。そして、武器の刀を見せながら、かけつけたロドヴィーゴなどヴェニスの高官に、記録として書きつけてくれと最後の言葉を述べます。

> こう書き留めてください。付け加えるなら、昔アレッポで、敵意にあふれたターバンを巻いたトルコ人が、ヴェニスの市民を殴り、ヴェニスの国を罵(ののし)ったので、その犬野郎の喉をつかんで、こんな風に一気に掻(か)き切ったのです。［自分を刺す］［5幕2場］

この一瞬、オセロは自分が殺したターバンを巻いたトルコ人と重なります。そして、肌の色からイスラム教徒と誤認されるのを拒否することを通じて、真のキリスト教徒であることの証明が成り立つのです。

北アフリカやモーリタニアと結びつけられている、オセロ自身がイスラム教から改宗したキリスト教徒の子孫である可能性が高いのです。ここで言及されているアレッポはシリア北部の都市であり、内戦が今も続いていて、戦闘の舞台になっています。そして、この肌の色と宗教とを直結させる差別意識は、とりわけアメリカの9・11以降に、欧米社会ではリアリティをもって当事者を苦しめてきました。

◉異人種間結婚の不安

異人種間結婚と、とりわけその子どもに関して、『オセロ』においてはあからさまに、また『ヴェニスの商人』においても間接的に嫌悪されています。ただし、『オセロ』ではオセロもデズデモーナもともに死で終わる悲劇となって、二人の異人種間結婚(miscegenation)につきまとう子孫の問題が回避されました。『タイタス・アンドロニカス』で、ローマ皇帝の妻となったゴート人の女王タモラとムーア人の愛人アーロンの間に生まれた混血の子どもは、不倫の証拠としてスキャンダルの存在となりましたが、なんとか生き残りました。

人種や民族において「混血」というハイブリッドで複合的な状態は珍しくありません。アメリカのオバマ元大統領や、イギリスのヘンリー王子と結婚したメーガン・マークルのように数多く見られます。現在では「ミックスト(mixed)」と呼ばれ、肯定的な意味をもちます。

けれども、差別が消えたわけではありません。バラク・フセイン・オバマは「黒人」とされ、母親がインドネシア研究で知られる「白人」の優秀な文化人類学者アン・ダナムであることなど忘れられています。オバマという名字は母親が再婚した相手の名字です。ミドルネームのフセインがイスラム教徒を連想させるという揶揄(やゆ)もありました。また、メーガンはイギリス王室に「黒人」の血が入ることの忌避から嫌がらせを受けました。結局夫婦そろって王室を離脱し、王位継承権をもたないサセックス公爵とその夫人という地位になりました。「一滴でも黒人の血が混じっていたら黒人だ」という純血主義の神話がそこに強力に働いているのです。

こうした「混血」の人たちはアメリカ大陸で「ムラート」と呼ばれてきました。スペイン語の「ムラート」は、「ラバ（mule)」のことです。ラバは、ハイブリッドの家畜の代表で、オスのロバとメスのウマをかけ合わせたものです。イアーゴが、ブラバンショーに、デズデモーナを奪うオセロをウマに喩えるのも、この「ムラート」の考えが背後にあるからでしょう。そして、イアーゴは声高にブラバンショーにこう述べます。

> せっかくご注進にきたのに、あなたは私たちを悪党だと考えておられるせいで、自分の娘さんをバーバリー（北アフリカ）産のウマにのしかからせるのだ。孫たちをひんひんと鳴かせ、親類を軍馬に、近親者をスペイン生まれの子馬にしようっていうんだ。［1幕1場］

オセロの結婚を許すと親類縁者がウマだらけとなるわけです。

オセロを人間ではないものとして扱っています。しかも、ハイブリッドのラバは忍耐強く頑固ですが、一代限りの命で繁殖力をもたない人工的な存在なのです。まさに仕事をする道具のように作られた生き物なのです。軍人としての能力だけが評価されたオセロに近いものがあります。

『ヴェニスの商人』のなかで、宗教的にジェシカは、自ら改宗キリスト教徒となり、ロレンゾと結ばれます。けれども、ユダヤの律法ではユダヤ人の母から生まれた子はユダヤ人であり、将来ジェシカの子どもがそうした指摘や揶揄を受ける可能性もありえます。このように二人の恋愛の行方には不安がつきまとっています。

その不安を物語るように、ポーシアたちが帰宅する前のベルモントで、美しい夜空を見上げながらロレンゾとジェシカの二人が口にするのは、「トロイラスとクレシダ」「ピラマスとシスビー」「アイネイアスとディドー」「イアソンとメディア」など悲劇的結末を迎える恋人たちの名前でした［5幕1場］。

しかも、ヴェニスからベルモントへと帰ってきたポーシアたちは、ロレンゾへ裁判の結果の報告をしても、隣にいるジェシカへ言葉をかけることはありません。ジェシカもポーシアにお礼のセリフを発せず、沈黙したままです。

そもそもポーシアとジェシカは直接会話を交わしません。元ユダヤ人であるジェシカへのポーシアたちの無視や無関心が感じられます。「女性だから女性と連帯できる」という扱い方はされていません。ジェシカに与えられた最後のセリフは、「甘美な音楽を聴いても楽しめない（I am never merry when I hear sweet music）」というものでした。

ユダヤ教、キリスト教、イスラム教それぞれの差別と対立の歴史は、現在の世界情勢にまでつながるリアルな問題です。シェイクスピアの時代にも存在し、ヴェニスを扱った二つの劇において集中的に取り扱われました。

もちろん、『ヴェニスの商人』と『オセロ』の二つの劇は、まったく異なる状況を描いた作品です。けれども、同じヴェニス共和国に住む者として、キリスト教徒でムーア人のオセロと、ユダヤ教徒でゲットーに住むシャイロックが差別の当事者として対話をしたのならば、どのような会話が交わされるのかは、ちょっと考えさせられます。

『ジュリアス・シーザー』の詩人シナを襲ったような悲劇が起きるときに、差別意識があからさまとなり、社会を分断する境界線が浮かび上がります。シェイクスピアの劇のなかでは、過去の歴史が再現されるだけではなく、差別のなかで暴力に向かう市民たちに加担するのかどうかが、観客や読者に問われているのです。

（★1）国立国会図書館「近代日本とフランス――憧れ、出会い、交流」
https://www.ndl.go.jp/france/jp/index.html

第9章

「実戦を知らん単なるたわ言だ」

～上司と部下が悩むとき～

◉酒の上での不祥事

どのような組織であっても上下関係があり、そのなかで上司だろうが部下だろうが、当事者はいろいろと苦しむものです。

組織をめぐる悩みを解消するために、学術書から一般書まで、数多くの参考書が出版されています。組織の運営術に関しては、「マネジメント」と呼ばれ、「管理」とも訳されます。組織に関わる人々を「人的資源」と抽象化し、定式化し、数値化して、解決を図ろうとしても、また心理学を含めたアプローチが試みられても、実際の現場では、なかなか理論どおりにはいきません。

シェイクスピアは、16 世紀末に生まれたとされるマネジメントという語こそ使っていませんが、「マネージ」は使っています。『ヴェニスの商人』で、ポーシアは、自分とバサーニオが不在の間、ロレンゾに「私の家の家計のやりくりと管理（husbandry and manage）を委ねる」と言い渡します［3 幕 4 場］。これは家全体の管理のことでした。ちなみに「家計のやりくり」にあたる語からハズバンド、現在の「夫」という語が生まれています。

また、『テンペスト』で、プロスペロは、「アントーニオに国の運営（manage of my state）を任せた」と言います［1 幕 2 場］。こちらはミラノ公国全体の運営のことで、プロスペロが魔術の研究に没頭している間、国の運営を担当した弟のアントーニオが実権を握り、兄を追い出してしまったのです。

具体的な人間の営みにおいて、予想もしない反発や嫉妬や嫌悪の感情がわいてきて、それが爆発することもよくあります。そうした人間の集団のあり方を、シェイクスピアは生々しく表現しています。現場の人間関係で「ヒヤリ・ハット」した実体験ともつながり、身につまされる多くの事例が詰まっているのです。事例研究（ケーススタディ）としてシェイクスピア劇を参照することもできます。

シェイクスピア劇で人間関係について考えるとき、第一に取り上げるべきなのは、『オセロ』でしょう。悪役となる旗手のイアーゴは、冒頭で、自分の境遇への憤懣（ふんまん）をぶちまけます。ムーア人に対する人種差別が、じつは復讐の口実にすぎないことがよくわかります。あくまでも人事考課への不満が原因なのです。

イアーゴは傭兵として７年間で４回もオセロとともに戦場に出かけて、自分こそが部隊長である少尉の昇進にふさわしい人物と思っています。それにもかかわらず、上司であるオセロはキャシオを選んだのです。上司の言うとおりに大きなプロジェクトを４件も見事にこなしたのに、部長昇進をふいにした係長の気持ちに近いでしょう。オセロにイアーゴの昇進をとりなす人もいたようですが、結局「もうすでに士官の選考は終了した」と冷酷に告げられたのでした。決定事項なので今さら変更できないわけです。

> そいつは誰だと思う。なんと、あのお偉い計算屋、われらがマイケル・キャシオ様さ。フィレンツェ野郎で、将来立派な妻を手に入れるクソ野郎だ。戦場に大隊を配置したこともないし、戦闘配置の工夫なんて、頭の空っぽな独身女

ほども知りやしない。たとえ寛衣(トーガ)姿の政治家様だって、あいつと同じくらい巧みに語れるほどの本で仕こんだ理屈を除けば、あいつの兵法は、実戦を知らん単なるたわ言だ。[1幕1場]

男女を問わず、「現場の苦労を知らないくせに口先で出世した者」に関して、似た愚痴をこぼしたことがある人なら、誰もが共感できるセリフでしょう。キャシオは「計算屋」で、理論書かマニュアル「本」に頼った人物だと悪口を言われています。『オセロ』は出世競争での敗者が上司に逆恨みをする劇でもあります。そして「うらやましい」と「うらめしい」は紙一重なのです。

こうした実例を、シェイクスピアも宮廷や劇団でさまざま見てきたはずです。また、本人もライバルの脚本家たちから、「成り上がり者のカラス」だの悪口を言われてきました。

とりわけ「大学才人」とよばれるオックスフォードやケンブリッジ大学を卒業した連中は、父親の財政状態の悪化のために14歳でグラマースクール中退の学歴しかもたないシェイクスピアの成功を快く思うはずはありませんでした。そうした悲喜こもごもの実感が、イアーゴのセリフに含まれています。

抜擢や昇進をめぐるこうした軋轢(あつれき)は、世界中の組織に転がっている普遍的なものです。とりわけ『オセロ』の舞台は軍隊なので、上下の身分格差に厳しく、戦闘意欲や向上心に満ちた男どうしの世界であり、嫉妬と競争心がそれだけ激しいわけです。そして、戦略や戦術をはじめ、経営に関する用語が、軍事用語から転用されているのも偶然ではありません。

イアーゴは、『ヴェニスの商人』のシャイロックがアントーニオに向けた以上に、勝手な復讐心をオセロとキャシオに対して燃やしています。キャシオという現場の苦労を知らない頭でっかちの元同僚が出世して、しかも自分の直属の上司になったわけです。現在の日本の企業でも起きることでしょう。

しかも、その選考をしたオセロは戦功を携(たずさ)えて、上院議員の娘と結婚をします。父親の反対はありましたが、ヴェニスの大公が認めたので、傭兵から「上級市民」への仲間入りの印です。二人は出世したのに、自分は置いてきぼりではたまらない、とイアーゴが考えたのも無理からぬところです。重要なのは、オセロもキャシオもその嫉妬心に気づいていない点です。

じつは「嫉妬は緑の目をした怪物ですよ（the green-eyed monster）」とは、イアーゴがオセロに忠告する際の言葉なのです［3幕3場］。イアーゴはよくあるように、無意識のうちに自分の気持ちを他人に語っているにすぎません。

そして、『ヴェニスの商人』のポーシアも、バサーニオが箱選びをしている間に「緑色の目をした嫉妬心」と口にします［3幕2場］。どうやら二つのヴェニス劇には、緑色の目をした怪物という嫉妬心がはびこっていて、それを目覚めさせることが不安や破滅へとつながっていくようです。

イアーゴが愚痴をこぼしている相手はロダリーゴでした。ロダリーゴはデズデモーナに恋慕をして求婚したのですが、彼女の父親に拒否され、イアーゴは「いつか二人きりで対面させてやる」というあり得ない約束をして金をせびっていたのです。これは副業収入です。

イアーゴは「金を財布に貯めろ」とロダリーゴに繰り返します。戦地に比べて、国際交易都市ヴェニス本国が物価高で物入りだと考えると、デズデモーナの侍女として働くエミリアという妻もいるイアーゴが出世を求め、このような非合法の副業に手を染める理由も少しわかってきます。ヴェニス社会は、『オセロ』でも、すべて金しだいなのです。

イアーゴは自分を抜擢しなかった上司のオセロにも、また自分を出し抜いた同僚のキャシオにも恨みをもちます。そこで、オスマン帝国との戦いの最前線であるキプロス島赴任を契機に、両者を同時に破滅させようと計画します。それが酒の上での不祥事を引き起こすことでした。

一座をなごませて和を保つのに役立つのが祝宴、つまり宴会です。これは洋の東西を問わないでしょう。酒宴が、祭礼をはじめ人々が互いに結びつくのを強める儀式となるのは珍しくはありません。それだけに酒の上での不祥事がつきまといます。現在では、ノンアルコール飲料を含めた配慮もありえますが、酒を飲めないのは「女々（めめ）しい」という男性たちどうしの暗黙の了解がありました。そして、酒は口を軽くして、思わぬことを口走ったり行動をとったりする失敗を引き起こすかもしれません。

キプロス進駐でのオセロとデズデモーナとの初夜の平穏を乱さないように保つのが、キャシオが副官（中尉）に出世して、最初の仕事だったわけです。イアーゴはそれがしくじるように仕向けます。そして、部下の失敗はオセロの監督不行き届きとみなされても不思議ではありません。

イアーゴは、夜警のさなかに、オセロたちの結婚の祝福だとワインをキャシオに勧めるのですが、酒に弱いキャシオに「一杯だけ」と言い、さらにイアーゴはイングランドで習ったという酒を飲む歌を披露します。イアーゴは傭兵生活の間にイングランドに滞在したことがあったようです。そして、歌いながら酒をキャシオに勧めて、「おれの盃を受け取れないのか」という感じで迫ります。

そして、酔ったキャシオへ、イアーゴはロダリーゴを仕向けて争いを起こさせます。それが拡大して、キャシオは、暴走を止めようとしたモンターノを斬りつけてしまいます。モンターノはオセロの前任となるキプロス島の責任者でした。イアーゴは、逃げていくロダリーゴに「反乱だ」と叫ばせ、鐘を鳴らすように指示するのです。酒に始まり、高官まで傷つけ、町中を騒然とさせたのは不祥事です。騒ぎを聞きつけたオセロが寝床から出てきて「トルコ人になったのか」と諫めます。

キャシオは騒動を引き起こしたとして、責任を問われ、地位を解任されます。イアーゴは、玉虫色の証言をして、オセロからは「正直（honest）」と評価されます。そのイアーゴにキャシオは訴えます。

> 名声、名声、名声！　ああ、おれは名声を失った。おれのいちばん失ってはならない不滅のものを失くした。残りなんか獣の部分だ。おれの名声、イアーゴ、おれの名声だよ。
> ［2 幕 3 場］

キャシオのように、人は「名声（reputation）」とか「名誉（honour）」など、他人の評価に一喜一憂し、行動も左右されるものです。それに対して、イアーゴは名声の傷は、実際の傷より大したことはない、と慰めますが、もちろん、キャシオの心の傷口にさらに塩を塗って痛みを倍にするためのセリフです。言い訳の名手であるフォルスタッフなら「名誉なんてなんだ？　空気（air）にすぎない」と言い放つところですが、上昇志向をもつキャシオはそう簡単に納得はできません。

あわてふためくキャシオをイアーゴはなだめるふりをします。キャシオに酒を勧めたのがイアーゴ自身であったことなど忘れたように、酒の悪魔に魅入られたのが原因だったと思わせ、自業自得と納得させるのです。そこで、キャシオは失地回復のために、上司の妻であるデズデモーナに、オセロの怒りを鎮めて、復職のとりなしを依頼するのです。

こうしてキャシオに一定のダメージを与えるのに成功した後、イアーゴの次の標的はオセロとなります。妻のデズデモーナとキャシオが関係している、とオセロに錯覚させる策略をめぐらすのです。デズデモーナに渡したハンカチの行方を利用することで、オセロの嫉妬心を掻きたて、デズデモーナ殺害へと向かわせます。

一連の行動の裏には、緑色の目をした怪物つまり嫉妬心に取りつかれたイアーゴがいるのです（さらに、イアーゴはキャシオが妻のエミリアに手を出したという疑惑をもっていました）。もちろん、第三者のふりをした悪意をもつ者が存在するのは世の常です。『オセロ』という劇は、その用心を忘れるな、という警告を放ってもいるわけです。

◉同僚から部下へ

イアーゴは、キャシオが自分よりも出世をして先に副官（中尉）という役目についたことに嫉妬心を抱きました。それに対して、同僚よりも先に出世した側が、部下となったかつてのライバルを葬(ほうむ)ることもありえます。これが『マクベス』で、マクベスとバンクォーとの間に起きたことです。

グラームズの領主マクベスとロハバーの領主バンクォーは、スコットランドのファイフの地でおこなわれた対ノルウェー戦争で功績をあげ、ダンカン王に忠誠を誓う同僚でした。二人は王に報告するために帰る途中で、魔女たちと出会い予言を聞きます［1幕3場］。

その予言によると、マクベスはコーダーの領主、そしていずれ王になるが、それに対してバンクォーは子孫が王になるのです。将来の出世の予言です。そのとおりに、敵のノルウェー王を支持する反逆者だった前のコーダーの領主が処刑され、すぐにその地位にマクベスがつきます。すると、マクベスもバンクォーも魔女たちの予言を本物だと確信します。そして、バンクォーは、ダンカン王を殺したマクベスが王になったあとで次のようなモノローグを語ります。

> 今や、お前は、この国を手中におさめた。あの気味悪い女たちの予言どおりに、グラームズの領主、コーダーの領主、そして王になった。そのためにお前はいちばん汚いことをしたのでは、とおれは恐れる。だが、この国はお前の子孫にはいかず、おれ自身が、多くの王の源で父祖となるという話だった。もしも、あの女どもの言葉が真実なら、そうさ、あの言葉でマクベス、おまえが輝いたように、そう、お前に王位をもたらした真理によって、同じくおれへの御託宣(ごたくせん)が、おれにも望みを与えてくれるかもしれないではないか。だが、口を閉ざそう！　それ以上は考えまい。［3幕1場］

バンクォーが抱いているのは、たとえ王殺しという大罪があったとしても、自分の子孫が国王となるという魔女たちの予言を信じたい気持ちです。実際には、マクベスは予言の実現を加速するために、ダンカン王を殺害したわけです。そして、コーダーの領主となったという幸運のせいで、バンクォーよりも確信を強めたマクベスは、予言を信じて到来をじっと待つのではなくて、地位を自分で勝ち取るため積極的に行動しました。マクベス夫妻はその成功体験に足をすくわれたわけです。

次にバンクォーへの予言にも手を加えて阻止できると考え、暗殺者を差し向けたわけです。ですが、手違いでバンクォーの息子は逃げたのでした。じつはこの余計な行為こそが、マクベス自身を破滅させて、バンクォーの子孫へと王位がわたる手助けとなるのです。バンクォーの運命をむしろ援助したわけです。

『マクベス』をジェイムズ王の面前で上演したときには、バンクォーの子孫がジェイムズ王へと続くことを強く感じさせたはずです。劇団としても、さりげなくですが、じつはその点を強烈にアピールしたわけです。

マクベス王の就任祝いの席で、マクベス支配への疑念が増し、一体感が崩れていきます。誰かが発した一言で、宴会や会議が一瞬にして凍りつく状況もよくあります。ましてや、それが上司の発言ならば、どう反応すべきかについては、互いに顔色をうかがう必要があります。どのような豪華な料理でも味などしそうもない宴会の代表が、マクベスが王位についたあとのこの宴会でしょう。ちょうど劇の中間点にあたります［3幕4場］。この後、マクベスは絶頂から、運命の車輪に乗って転落していくわけです。

新しいスコットランド王の顔色をうかがう部下や貴族たちにとって、出席するかどうかそのものが、マクベスに忠誠を誓うかどうかの試金石となっています。出席者たちは、ダンカン王の突然死も含めて、新しい王であるマクベスの出方も、同僚たちの態度も気になるはずです。マクベス夫人は、夫の出世祝いの歓待役（ホステス）であり、「家で飲み食いをするのがいちばんでしょうけど、家の外では宴の集まりこそが肉料理のソース、それなしには集まっても味気ないもの」などと「おもてなし」に務めていました。

ところが、マクベスは、バンクォー暗殺には成功したが、息子を逃したという報告を刺客から受けます。そして、空いているはずの自分の席に、バンクォーの亡霊が座っているのを見ます。参加者たちはバンクォーが欠席とわかっているので、うろたえるマクベスに不信の目を向けるだけです。

この「幻視」の場面を、マクベス夫人は発作として片づけようとしました。けれども、彼女に「なに、馬鹿なことして、あなた男でしょ（What, quite unmann'd in folly?）」と叱責されても、亡霊の出現に、マクベスの錯乱状態は進行します。結局マクベス夫人は宴を中止します。参加者一同には、禍々（まがまが）しいものを観たという気分が共有されたのでしょう。

予言を捻（ね）じ曲げるためにバンクォーの暗殺を試みても、予言そのものを変えることはできずに、マクベスは自滅していきます。マクベスは恐怖政治によって統治するしかなくなります。イングランドの軍勢と反マクベス派であるダンカン王の残党がダンシネイン城を囲みます。マクベスはなかから離反する者が逃げないようにしている、とダンカン王の息子であるマルコムは指摘します。けれども、マクベスの人材囲いこみの策はうまくいっていません。

というのも、機会さえ与えられれば、多かれ少なかれ、部下たちはこれまでに、やつから離反してきたからだ。今やつに仕えているのは、束縛されて心が空っぽになってしまった連中以外にはいない。［5幕4場］

無能なリーダーのせいで倒産寸前の企業などで、有能な人材から先に流出してしまい、残った者たちの実力が貧弱なので維持できずに組織が崩壊する、という最後の姿を鮮やかに写しとっています。同時に次の王となるマルコム自身への戒(いまし)めでもありました。

そして、軍勢がバーナムの森に扮(ふん)して打ち寄せることで、魔女の保証は崩れてしまい、マクベスは破滅するのです。魔女の予言でも、マクベスの繁栄は一代限りとなっていて、結局そのとおりになります。そして、マクベスが良かれと思った策が、まさに本人に逆襲するのです。

◉上に立つ者の憂鬱

スコットランド王としてのマクベスは、魔女の予言をともに聞いてライバルとなるバンクォーだけを用心すべき相手と考えていました。ところが、組織全体、ましてや国全体を考える上司ともなれば、部下たちが「本当はどのように考えているのか」を知りたくなるはずです。もちろん、面と向かって意見を訊(き)いても、部下が真意を述べるはずはありません。はぐらかされるか、あるいは、沈黙してしまうのがオチです。すでに逃げを打つ計算をしているかもしれません。

百年戦争での名君といえば、ヘンリー五世なのですが、『ヘンリー四世・第２部』で、王冠を父親から譲り受けても、統治においては悩みを抱えていました。『ヘンリー五世』において、今までの放蕩(ほうとう)王子の汚名をそそぐために、戦場で勇猛果敢にスピーチをしました（第３章参照）。

もちろん、部下を鼓舞するだけでは人は従(つ)いてきません。そこで、戦場での信賞必罰を徹底することで規律を保つのです。

かつてロンドンのイーストチープでの飲み仲間でもあったバードルフが、戦場で教会から盗みを働いたので、縛り首となります。それを伝える者が「陛下もご存知かもしれませんが」と多少口を濁すのですが、ヘンリー王は、その話を耳にしても、動揺することはありませんでした［３幕６場］。すでに、ジャック・フォルスタッフを『ヘンリー四世・第２部』の最後で追放していたヘンリー王はかつてのハル王子ではないのです。

とはいえ、フランス軍との最終対決となるアジンコートの戦いの前に、不安になったヘンリー王は、変装をしてこっそりと戦場を見回ります。人心把握のために、部下である末端の兵士たちがどのような不満や考えをもっているのか、知ろうとするのです。現在でも社長がお忍びで現場の店や営業所を訪れて、社員の士気の高さや潜在的な不満を知ろうとすることがありますが、その行為の先駆けでしょう。

フランス軍と戦闘するにあたって、全軍の意思が統一されているのかに不安を感じているわけです。そして、自分の天幕（テント）から抜け出して、変装して兵士たちのようすを見に行きます。怪しい動きをする者、頼りになりそうな者、王に対する不満をもつ者まで見届け、そして腹に収めて、自分の責任のもとでフランスとの最終決戦に望むのです。

> 王のもとに！　命も、魂も、負債も、世話をしてくれる妻たち、子どもたち、罪さえも捧げようというのだ。余はそのすべてに耐えないといけない。［4幕1場］

迷いつつも決意を述べるあたりが、虚構とはいえ、リーダーとしてヘンリー五世が高く評価されるところなのです。

ヘンリー王の場合には、臣下をはじめとする部下たちの直接の声を聞くことで確信を高めたわけです。自分の後継者や代理人となる腹心の部下の資質をチェックする必要もあります。こちらのほうが難しい課題なのかもしれません。

オセロが部下の抜擢に失敗し、マクベスが同僚を部下にするのに失敗したような危険がつねにあるわけです。父から子の継承のような血縁という絆がないだけに、簡単に裏切られる心配もあります。

◉お追従（ついしょう）とその結末

組織のなかで生きていくためには、ときには「お追従」を口にし、「忖度（そんたく）」をすることも不可欠です。そして、イアーゴはキャシオに「将軍の妻がいまでは将軍だ」とデズデモーナの重要性を示唆します。そこで「将を射んと欲すれば先（ま）ず馬を射よ」というように、キャシオはデズデモーナに、オセロへ取りなしてくれるように頼みます。娼婦のビアンカと深い関係をもっているキャシオが、デズデモーナに賛辞を向けるのは、上司の妻へのお追従でもあるわけですが、これこそ疑惑を生むきっかけとなったわけです。

追従が欠かせない宮廷人として生きる辛さを『ハムレット』で体現しているのが、ローゼンクランツとギルデンスターンでした。ウィテンベルグ大学でのハムレットの学友となっていますが、腹心の友であるホレーシオとはまったく異なり、単なる同窓の宮廷人というだけのようです。それでも、そのコネクションを利用して、次の王と目されるハムレットに近づいてくるのです。そこで、ハムレットは適当にあしらいます。

ハムレット　何かニュースは？
ローゼンクランツ　何も、ありません。殿下、でも世界はしだいに正直になっております。
ハムレット　じゃあ、最後の日も近いな！　だが、君のニュースは真実ではない。とくにもっと訊(き)きたいものだ。親愛なる君たちは、どうして運命の女神の手によって、この牢獄へと連れてこられたのだね。
ギルデンスターン　牢獄ですか、殿下？
ハムレット　デンマークは牢獄だよ。
ローゼンクランツ　では、世界も牢獄です。
ハムレット　素敵な牢獄だな。そこには、たくさんの監獄、監房、そして地下牢があるが、デンマークはそのなかでも最悪の部類だね。［2幕2場］

ここは昔から議論がある部分です。ジェイムズ王の前での上演のときにはカットされたと思われます。生前に出版された版では、「牢獄」ではなく「エルシノアに来た」となっています。検閲を担当する宮内大臣か祝祭局長が、デンマーク出身のアン王妃に配慮して大人の事情で削除したのでしょう。死後出版となるフォリオ版（1623）には存在するので、これが元の形に思われます。おそらく政治的な配慮をした箇所なのです。それだけにシェイクスピアの本音が出ているのかもしれません。

デンマークを牢獄と感じるハムレットの気持ちが理解できないまま、二人はあれこれとハムレットに話しかけます。ハムレットは二人を適当にあしらうが拒絶しない、と見抜いたクローディアスは、彼らを義理の息子へのスパイとして利用します。

クローディアスは、ポローニアス殺害の件で、ハムレットを到着後処刑する依頼状とともにイングランドへと送ります。その船に、クローディアスはローゼンクランツとギルデンスターンを同乗させました。途中で海賊に襲われたとき、ハムレットだけは身代金のために海賊船に囚われて、デンマークに戻ったのです。

そして、二人を乗せた船は海賊船から離れて、予定どおりにイングランドに向かうのですが、そのドサクサに紛れて、ハムレットは自分を処刑する書簡の内容を、ローゼンクランツとギルデンスターン両名を処刑する指示へと書き換えてしまいます。その結果、イギリス到着後、見事に二人は処刑されてしまいました。結果を報告に来たイギリス大使が、ノルウェーのフォーティンブラスとともに、ハムレットの死体を見るのです。

不条理にもハムレットの代わりに処刑されてしまう運命となった彼らの悲劇なのですが、切り捨てたハムレットの側に悔いなどありません。しかも、ハムレット自身も死んでしまうのです。スパイの始末をしたと考えるともっともらしく思えますが、二人が現国王のクローディアスからの要望に逆えるはずもありませんでした。義理の父と子との確執に翻弄されたともいえるでしょう。トム・ストッパードは『ローゼンクランツとギルデンスターンは死んだ』（1967）で、彼らから観たデンマークの王宮の迷宮状態を描いています。

『ハムレット』には、もう一人、クローディアスの伝令の役目をするオズリックという若い宮廷人が出てきます。レアティーズとの剣の試合の申し出をハムレットに伝えるのです。ただし、何事にも形式主義的で、敬語や冗漫な言葉をたくさん使った表現をとります。「土地をたくさんもっているだけ」とハムレットに見透かされているオズリックもあざ笑いの対象となります。レアティーズのことを大げさに言いたてるので、ハムレットは適当に相手をしてから帰します。そのあとで、ホレーシオにこう告げます。

> あいつは、おっぱいを吸う前に乳房にも最敬礼していたようなやつさ。この浮き世が溺愛するのは、やつだとか、同じような連中の一団なんだ。そいつらは、時代の流行（はや）りに合わせ、決まりきった言葉やら、皮相な文句を使いこなし、どれほど深遠な意見でさえも、虚仮威（こけおど）しに利用するだけ。試しにやつらに息を吹きかけると、泡のように消えてしまう。
> ［5幕2場］

世間の軽薄な動きに怒っているハムレットがいます。こうした宮廷人が動き回る世界こそ、ハムレットがデンマークを牢獄と呼んだ理由なのです。薄っぺらなコミュニケーションに彩られた宮廷社会の人々は、先王ハムレットの死の真相に疑問をもたず、結果として自分が受けた被害を訴える亡霊をこの世に出現させた、とハムレットは考えているのです。

もちろん、シェイクスピアは実際の宮廷人の間で仕事をし、観客内に宮廷人がいるなかで劇を書いているわけです。作品世界のなかでの批評は、たえず危険性があります。一方で支持され、喝采（かっさい）を呼ぶかもしれませんが、先ほどのローゼンクランツとギルデンスターンとの会話が削除されたような配慮をするのは、宮内大臣たちの役目です。誰かの不興を買うと、シェイクスピア本人に火の粉が降りかかるかもしれません。ぎりぎりを攻め、同時に距離をとることが求められていたのです。

こうした距離の取り方がいちばん求められているのは職業的な道化たちでした。『十二夜』のフェステや、『リア王』の道化は、仕える主人との距離を測りながら、発言を配慮していました。そして、リア王の道化などは、リアを「おじちゃん（nuncle）」と馴（な）れ馴（な）れしく呼ぶことを許されながら、ときにはその愚行を責めたりもします。ハムレットが道化的に見えるのは、こうした相手との距離のとり方に自覚的だからです。ローゼンクランツたちにも適当な相手をするという作戦をとっているのです。

ところが、ローゼンクランツたちは、意図的に笑いを得たわけではありません。追従（ついしょう）や言葉を飾るだけでは、空疎なだけに相手に踏みこむ危険はありませんが、「恭（うやうや）しい」のに空回りをしている態度が、あざ笑いやさらには死を招いているのです。そうした人物たちにも組織の潤滑油としての役割はありえます。

ただし、あまり自覚がないときには、知らないうちに死に至る運命をたどるかもしれません。世渡りをうまくおこなえば、オズリックなどは資産もありますし、次のデンマーク宮廷の支配者となるフォーティンブラスのもとでも活躍できるのかもしれません。どのような相手に使うのかが自覚的なときに「お追従」は有効なのでしょう。

◉部下の辛さを誰が知る

オセロは部下であるイアーゴの嫉妬心を見抜けずに悲劇へと向かってしまいます。オセロが戦闘と恋愛に長(た)けていても、部下の人心掌握術にうとかったのが失敗の原因でした。ヘンリー五世やその配下の部隊長たちのように部下のマネジメントを担当する上司も辛い一方、当たり前ですが、マネジメントを受ける部下のほうがもっと辛いわけです。追従に失敗すると、ローゼンクランツとギルデンスターンのように死につながります。ぎりぎりのところで首の皮一枚で生き延びるかどうかも重要でしょう。

上司に一方的にこき使われる代表が主人に隷属し、売買される奴隷でしょう。オセロが奴隷だった体験をデズデモーナに語るように、珍しいものではなかったのです。イギリスが国内で農奴制を廃止したのは、エリザベス女王が支配する1574年のことでした。けれども、黒人奴隷は植民地を中心に売買されていました。奴隷や年季奉公制が正式に廃止されたのは、19世紀になってからなのです。

もう少し自由の立場に見えるのが、『夏の夜の夢』の妖精パックでしょうか。最初に登場したときは、ロビン・グッドフェローとして、人間社会にいたずらをする気ままな妖精の姿で紹介されます。ところが、妖精王のオベロンの下では、指図に従ってアテネの森のなかを「上へ下へ（up and down)」と活躍します。

パックを含めた妖精たちは、たとえば、タイターニアに仕えているカラシの種やクモの糸といった妖精もそれぞれ役割を果たしています。どうやら、妖精たちの王国のなかにも、位階秩序があって、それほど自由な世界ではなさそうです。

パックと同じようにこき使われる妖精といえば、『テンペスト』に登場するエアリエルも負けていません。プロスペロが魔術の力で支配していたのは、肉体労働担当のキャリバンと、さまざまなイリュージョンを引き起こすエアリエルでした。キャリバンは最終的にプロスペロにとっては、「まったく新しい世界ではない (no brave new world)」であるミラノへと連れて行かれ、一種の奴隷として生涯使われることになりそうです。

それに対して、妖精のエアリエルがプロスペロに仕えているのは、キャリバンの母親である魔女シコラックスに、12年間木のなかに閉じこめられていて、その状態から解放された見返りでした。プロスペロの手先となり、ふだんからキャリバンを監視します。さらに島に漂着した人々を島中に散らばるように配置し、彼らの行動を見張り、イリュージョンを見せるなどの力を発揮します。プロスペロはようやく最後にエアリエルを解放します。

> 私のエアリエル、これでお前の負債はゼロになった。自然へと戻るがよい、さらばだ。[5幕1場]

まさに主人が年季が明けた年季奉公人に向けた言い方なのです。

パックもエアリエルも、後年の数々のファンタジー作品に登場する妖精のような自由な生活をしているわけではありません。パックはいたずら好きのロビン・グッドフェローでしたが、妖精王オベロンの下僕にすぎなくなり、エアリエルに至っては、奴隷かせいぜい年季奉公人のようです。わざわざプロスペロが年季明けを告げるのも、恩着せがましいのですが、解放の予告があるだけキャリバンよりも幸せかもしれません。事実、漂着してきた連中が去ったあとには、妖精たちが島に残るだけです。

エアリエルのように島にいるわけではない実際の奉公人にとって、こき使われる職場から転職するのもひとつの逃げ道です。マクベスの城から勝手に部下たちが逃げ出したのは、ひょっとすると「非合法」な行動なのかもしれませんが、それでも生きながらえる手段でした。命あっての物種というわけです。『十二夜』の道化フェステのように、一度しくじっても、元の職場に戻る場合もあります。

劇のなかで合法的な転職に成功したのが、『ヴェニスの商人』に出てきたランスロット・ゴボーでした。身分とは不釣り合いなアーサー王の円卓の騎士ランスロットにちなんだ大げさな名前をもっていますが、最初に登場するのが、シャイロックのもとから抜け出すかどうかに悩むところからなのです。

> 確かにおれの良心は、主人であるこのユダヤ人から逃げるのに役に立ってくれるだろうさ。敵はおれの腕にいて、「ゴボー、ランスロット・ゴボー、良きランスロット」、または、「良きゴボー、あるいは良きランスロット・ゴボー」、足を使い、始めろ、走り去れ、と言って、おれを誘惑する。だが、おれの良心が言うには、「いや、注意しろ」正直者のランスロット、注意しろ、正直者のゴボー、あるいは、正直者のランスロット、走るんじゃない。足を使って逃げ去るのを軽蔑しろ、と。［2幕2場］

ランスロットの悩みはアントーニオやシャイロックのように深遠なものではないかもしれません。けれども、どんなに喜劇的ではあっても、組織や集団に留(とど)まるかどうかに心を痛めたことがある人には思い当たる気持ちかもしれません。こうした苦悩が生じるのも、ランスロットは、シャイロックからクビを言い渡されたわけではなく、あくまでも自由意志による選択をしているからです。

ランスロットがシャイロックの娘のジェシカと話が合ったのも、誰にもけちな主人のもとで働いているせいでした。そこでバサーニオへの転職を考えます。シャイロックはもっと生活が貧しくなると揶揄(やゆ)しますが、どちらかを選べるのも国際交易都市ヴェニスだからこそ可能なのです。とはいえ、明日の保証もなしに、自分から飛び出すのには、それなりの勇気と目算が必要です。

ランスロットの転職は、父親の口添えと、シャイロックのためにもってきた手土産をバサーニオへと贈ることによって成功しました。何よりも、ヴェニス社会が流動的な働き口に恵まれた都会であることが幸いだったのです。ランスロットは、シャイロックから無事に暇をもらい、合法的にバサーニオのもとで働くことになり、他の従者たちと同じお仕着せを誂(あつら)えてもらいます。当時は同じ家に仕える者は同じ制服を着ていたのです。

ランスロットは働き口を変えることで、生活の幸福度や質（QOL）を変えたのですが、忍耐だけでは通用しないことをしめしています。シェイクスピアは、父親の手袋商の見習いから、ロンドンの脚本家へと転身したわけで、チャンスをつかむランスロットの態度を肯定するでしょう。もちろん、選択の自由を得ることができるのは、ヴェニスという自由都市だからです。それは、ロンドンと共通するところがあるのです。

こうして見てくると、さまざまな事例を挙げながら、シェイクスピアは組織のなかでの、怒りの自己管理（アンガー・マネジメント）、上司とのつきあい方から、部下としての態度まで、成功例と失敗例を取り上げて観客に見せてくれます。ただし、管理というのが、オセロやマクベスのように、不満の正体や原因をつきとめずに、ただ相手を抑圧するだけで終わるならば、個人の自滅や組織の崩壊の形で、自業自得として苦しめるのです。

平凡な結論ですが、どうやら人間というものは、人間に悩む生き物だ、ということのようです。400年経った今も、組織につきまとう悩みの大半は共通しています。もちろん、悩みの質やあり方は変化してきたわけですが、悩みをなくすことには成功していません。そうしたユートピアのような世界は、人類にとってキャリバンが見た宝物の夢のように、見果てぬ夢なのかもしれません。

おわりに

まだまだ使えるシェイクスピア

◉シェイクスピアは仕立て直す

作られた時代も場所もはるか離れた現代日本で、シェイクスピア作品を観るとか読んでも、キャラクターの行動やそのセリフに納得するのは、自分たちと共通する点を感じるからです。

言い訳のデパートとなったフォルスタッフの言動に「こういう人もいるよね」とほくそ笑み、オフィーリアやジュリエットをそれぞれ世界一美しい死体とみなして、「こんな運命をたどるなんて可哀想(かわいそう)に」と共感して涙を流すのです。こうした親しみやすさが、執筆されてから400年以上、世界各地に受け入れられてきた理由なのでしょう。

作品が成立した時期に、イギリス（イングランドとスコットランド）が直面していた外交や宗教問題から、恋愛や結婚をめぐるさまざまな問題までが、具体的に演劇化されています。しかも現代と共通する面をもっています。シェイクスピアは、同時代の劇作家たち同様に、周囲のニーズに合わせて、題材を仕立て直す工夫をしました。過去の歴史書、ラテン語の古典、イタリアやフランスなど海外のネタ、いろいろな素材を加工したわけです。

王侯貴族から一般市民まで、多くの観客たちの要望に応じた結果として、いろいろなタイプの劇に取り組み、大小さまざまの主題を作品内に取りこむことになったのです。当時の国際都市ロンドンにおける時事ネタや、新しく得た知識を盛りこんでいきます。おかげで、議論や弁論術の技法もとりこみ、語彙(ごい)も他の劇作家よりも数倍は多いのです。それだけ新しもの好きであり、法律や契約の知識も利用し、草花とか鳥や小動物の生態についての観察眼の鋭さに驚くこともあります。貪欲(どんよく)に世界を知ろうとして苦闘した結果なのでしょう。

シェイクスピア劇そのものが他にあった素材を仕立て直して制作されたものでした。完成品に見えても、今度はそれ自身を仕立て直すこともできるわけです。テレビドラマや映画といった映像作品と異なり、演劇は上演ごとに、演出家や役者の創意工夫で、作品の織り目をほどいて編み直すことができます。その懐の深さのおかげで、時代や場所が異なっていても愛されてきたわけです。

さらに、アダプテーションとして、別の色の糸を編みこむこともできます。天変地異、戦争、疫病、貧困など現代の課題を浮かび上がらせることも可能です。個人の苦悩のあり方も変化していきます。

それでも、たとえ、現代を舞台にして、メールやSNSがあっても、ロミオとジュリエットの悲劇は成立するでしょう。落ち合う約束はできるかもしれませんが、実際に対面で会えなければ意味がありません。そして、ロレンス神父のロミオへの連絡が電源喪失などのシステムの不備で届かなければ、真相がわからないままジュリエットの墓所へと向かうしかありません。

もちろん、新しい糸の編み方に失敗して出来損ないとなる結果もあるのですが、多くの演出家や役者たちは、ふたたび作品に立ち向かっていきます。それだけ魅力をもっているのです。

◉複数の視点を置く

シェイクスピア劇の魅力は、主人公の主観だけを描いた小説などとは異なり、複数の視点が盛りこまれていることでしょう。当時の演劇の基本ともなりますが、劇に仕立てたときに、複数の筋書きを絡ませて、立体的に見せます。双子だとか、兄弟だとか、主人と従者といった登場人物たちがセットになり、恋人たちも二組とか三組出てきます。

シェイクスピアは、実際の上演での効果を考える作者なので、複数の筋で劇を複雑にするだけでなく、実用的な理由もありました。たとえば、主演の役者が、最後のクライマックスで全力を発揮できるように、舞台裏や舞台袖で休憩をとる時間をきちんと用意しています。

ハムレットは、4幕4場でフォーティンブラスがポーランドに出兵するのを見送ると、次に顔を出すのは、5幕1場のオフィーリアの埋葬が準備されている墓地の場面です。その間に、三つの場が続いています。やはり、マクベスも、4幕1場で魔女たちに会いに行ってバーナムの森の予言をもらって安心した後、次に登場するのは5幕3場で、医師からマクベス夫人のようすを聞きます。その間に四つの場が挟(はさ)まれています。

別の場面を連続させることで稼いだ数十分間で、ハムレットやマクベス担当の役者は休憩し、心身を整えて力を溜(た)め、最終場面へとなだれこむ準備をするのです。水を飲んだり、汗を拭いて化粧を整えたり、着替えたりするわけです。シェイクスピアは、悪徳企業の経営者のように、休憩なしで役者を働かせるような理不尽な扱いはしません。

おかげで、体力や気力を回復した役者は、ハムレットとなると、オフィーリアの埋葬でレアティーズに飛びかかり、さらに誘われた試合で剣を振るって戦い、クローディアスに復讐の太刀を浴びせることができます。また、マクベスならば、バーナムの森の接近に驚愕し、最後のマクダフとの一騎打ちに臨むのです。役者が能力を存分に発揮し、魅力をアピールできる場面をきちんと用意しているわけです。ハムレットには「あとは沈黙」とか、マクベスには「明日は、明日は、明日は」と場内が息を飲む名セリフが用意されています。

もちろん、演劇は観客サービスが重要となるエンターテインメントですから、主役のハムレットやマクベスがいない間、観ている人たちが退屈してはいけません。不在であるのを忘れるくらいの強力なイベントが必要となります。

そこで、ハムレットが不在となった三つの場で、レアティーズの反乱やオフィーリアの狂乱が描かれます。ハムレットの復讐劇に隠れたポローニアス一家の悲劇や、クローディアスが巧みにレアティーズをハムレットとの剣の試合へと誘導するようすが浮かび上がるのです。やはりマクベスが不在の間に用意された四つの場では、マクベス夫人の狂乱やイングランドに支援を受けたマクダフたちの陣営の動きが明らかになります。観客がそちらに見とれている間に、主役はじっくりと休めるのです。

全体に工夫に満ちた組み立てのなかで、複数の筋が展開することになります。そうなると、端役や脇役だからといってセリフや演技に手を抜くわけにはいきません。観客が緊張感を保つ場面を設定したり、逆に笑いの場面を挿入することで緩めたりという計算が働いているのです。そのせいで、観客はシェイクスピアの作劇術に翻弄されるのです。

複数の筋や有力なキャラクターが配置されているおかげで、観客は劇として進行する出来事を立体的に、つまりは相対的に見ることができます。単なる悪役に見えたシャイロックの評価が、18世紀になって大きく変わったのも、1行も変更せずに解釈を転じるだけの内容が、シャイロックのセリフに含まれていたからです。そのやり方は、「人肉裁判」で、ポーシアが証文を1行も変更せずに解釈を変えて判決を覆（くつがえ）したのとそっくり同じなのです。劇そのもののなかに、新しい試みの手がかりやヒントを残してくれているのが、シェイクスピア作品の魅力でもあります。

◉天才は忘れた頃にやってくる

シェイクスピア劇は何の役に立つのか、という問いかけがあるかもしれません。どのような道具でも、うまく役立てるかどうかは、出会ったときの自分の関心や課題の切実さと深く結びつくもので、「宝の持ち腐れ」もよくあります。庭に穴を掘るのに困っているときに、ネジ回しや缶切りが何の役に立つのか、と質問しても意味はないのです。

何かが道具として役立つかどうかを問うのではなくて、適切なときに適切な道具を役立てることができるのかが、その人の力量となるのでしょう。そして、シェイクスピア劇が必要なときが、はたしていつ来るのかを予測できないのも事実です。「天災は忘れた頃にやってくる」という寺田寅彦の警句を参照するならば、「天才（の作品の必要性）は忘れた頃にやってくる」といえるかもしれません。

シェイクスピアの作品が身にしみるのは、小学生の観客でも不思議ではないですし、ひょっとするとかなり高齢になってからなのかもしれません。

シェイクスピア同様に世界中で読まれているミステリーの女王アガサ・クリスティは、『ねずみとり』という1952年以来の連続公演記録をもつミステリー劇を書いています。『ハムレット』の劇中劇を連想させるタイトルですが、童謡から採った原題を変更したのは、クリスティではなくて制作者でした(★1)。それでも、クリスティのシェイクスピア好きは疑いようもなく、自伝には『マクベス』や『ウィンザーの陽気な女房たち』を孫のマシューが11歳ごろいっしょに観に行って二人とも楽しんだとあります。

祖母と孫が『マクベス』の惨劇や、『ウィンザーの陽気な女房たち』の浮気騒動を楽しむというのは、異論もありそうですが、クリスティはどちらも子どもでも理解できると力説していました。どうやらクリスティの毒薬好みも、薬剤師としての経験や、ボルジア家以来の伝統だけでなく、『ロミオとジュリエット』や『ハムレット』などのシェイクスピア作品からもらった可能性もありそうです。

よくあるのが、若いときにわからず反発したセリフが、父親や母親あるいは上司になったら腑(ふ)に落ちることです。年齢や立場が変わると見え方も変わるというのは、大きな山の印象がそれを見る東西南北の方位で変化するのに似ています。富士山だって、見る位置が東京か、静岡か、山梨かで、大きさもシルエットも異なります。

シェイクスピアは、万人に向かって扉を開けてくれています。どうやら賞味期限もまだ切れてはいません。ただし、道具が必要になって、慌てて買いにいこうとしても間に合わない場合がよくあります。あらかじめいろいろと眺めておくと、必要なときに道具を引き出すことができます。少なくとも、道具のありかを知っておくと、あとで便利に使えるはずです。その意味で、シェイクスピアを読んだり観たりするのに遅いことはない、と私は思います。

（★1）ジュリアス・グリーンが書いた『開幕』(2015) というクリスティの劇作の舞台裏を書いた本には、『自伝』の情報以外に、1942 年の夫への私信のなかで「脚本家は作曲家に似ている」と指摘をし、シェイクスピアの女性のキャラクターの描き方を男性にしてはなかなかだ、と称賛していることなどが紹介されています［Green:10-11］。また、シェイクスピア学者のリサ・ホプキンズは、クリスティがシェイクスピアだけでなくエリザベス朝やジェイムズ朝の演劇を咀嚼（そしゃく）している点を解き明かしています［Hopkins: 93-118］。ミス・マープル物の最終作となった『スリーピング・マーダー』(1976) 一作を読むだけでもそれは理解できるでしょう。発表はあとでも、じつは夫への手紙の日付に近い 1943 年に執筆されたことが判明しています。

あとがき

私の家では、昔ながらの壁に掛ける大きな日めくりカレンダーを愛用しています。毎日一枚ずつ破る快感もありますが、一日一言という欄がもうけられ、古今東西の偉人たちの言葉や名言が印刷されているのを読む楽しみもあります。剝ぎ取る前に読むと、どれもなるほどと感心はしますが、次の日には、ありがたい言葉の大半を忘れてしまっています。三日坊主どころか、せいぜい一日しか効能が持続しないわけです。

昔の本を読むと、シェイクスピアを観た人が、ことわざ名言集じゃないか、という感想を述べた、という出所不明の逸話が紹介されることがあります。確かに「光るものすべてが金にあらず」とか、「悪魔も聖書を引用するものだ」などと『ヴェニスの商人』に出てくるセリフをすかさず引用すると、会話や文章もなんとなく格好がつきます。

けれども、多くの格言は、立派な人生を送るための努力目標であって、どこか固苦しさがあります。それに、自分への戒めとしてよりも、他人に向かって説教をするほうが効果的な言葉というのは、あまり身につかず、すぐに忘れてしまうものでしょう。人生に必要なのは、はたして学校の壁に校長先生の名前で張り出されるような、そうした「人生訓」なのでしょうか。実際のシェイクスピアのセリフを見ると、たとえば「学校にいやいや行く小学生」(『お気に召すまま』のジェイクイズの言)のように思わず苦笑しながらも、見事にこちらの心を読み取ってくれる表現が出てきます。まさか小学校の校長先生はこんなことを口にしないでしょう。

シェイクスピアが人生の伴走者となってくれるのは、ランスロット・ゴボーやエアリエルのように主人に仕えるのを「やめたい」とか「苦しい」という弱音や、イアーゴの出世競争の陰口や、シャイロックの復讐心にリアリティがあるからです。また、秘めた思いをもつ異性装のヒロインたちの告白の難しさは、現代のLGBTQの当事者の課題にもどこか通じます。

恋愛や結婚をめぐって父と娘の対立があちらこちらの劇に出てきますが、こうした軋轢（あつれき）は自由恋愛が当然と思える時代でも、広く見当たる出来事かもしれません。しかも父と娘のそれぞれの言い分を扱っているのも、自分は8歳年上の女性と「先に子どもを授かった結婚」をし、さらに二人の娘の結婚を見届けたシェイクスピア本人の体験とつながるのでしょう。それだけ実感を伴っているように思えます。

父から息子への王冠の継承という主題をめぐる劇であっても、何か高貴な人の苦悩という地点から下りてきてくれるように思えます。後継者問題で苦悩する人は日本全国にたくさんいます。ハムレットは、デンマークどころか、全世界の苦悩を背負っていると考えられてきました。けれども、フランス留学を許されるレアティーズや、ポーランド派兵にさっそうと出かけるノルウェーのフォーティンブラスに羨ましさを感じています。三人の息子たちが比較された劇だと考えると、『ハムレット』の見方も変わってきます。大事なのは、こうした見過ごされているシェイクスピアの魅力に気づくことかもしれません。

本書が目指したのは、言い訳やスピーチを求められたときのヒントを与えてくれ、家族や組織のなかで苦しむキャラクターを描いたシェイクスピアを紹介することでした。その目標がどれだけ成功しているのかは、もちろん読者の判断におまかせします。

コロナ禍のせいで1年近く中断していた本書の企画を完成まで導いて、いろいろと示唆を与えてくれた小鳥遊書房の高梨治氏に感謝します。

フォリオ出版の400周年となる
2023年3月

小野俊太郎

主要参考文献

シェイクスピアからの引用はすべて私訳ですが、本文と語句の解釈に参照したのは、ピーター・アレクサンダー版、新リバーサイド版、新オックスフォード版です。

Peter Alexander (ed), *The Complete Works of William Shakespeare: The Alexander Text* (HarperCollins, 2006)
G. Blakemore Evans et al (eds), *The Riverside Shakespeare* (2nd edition) (Houghton Mifflin,1997)
Gary Taylor et al (eds), *The New Oxford Shakespeare: Modern Critical Edition: The Complete Works* (Oxford UP, 2016)

MIT のサイトにある "The Complete Works of William Shakespeare" には 1993 年以来お世話になっています。
http://shakespeare.mit.edu/

また本文だけでなく語句の解釈の上で、1951 年刊行の『マクベス』から 1982 年の『ハムレット』に至るアーデン版 (Arden Edition) の第２シリーズと、1995 年の『ヘンリー五世』から 2020 年の『尺には尺を』に至る第 3 シリーズを適宜参照しました。

翻訳に際しては、全訳が完了した松岡和子訳（ちくま文庫）を中心に、部分的に河合祥一郎訳（角川文庫）などを参照しました。そのまま借用している箇所はほとんどありませんが、解釈や訳語を考える上で、多くの先人の仕事に負っているのは間違いありません。ここに謝辞を述べておきます。

シェイクスピアの生涯や家族関係についての記録は以下のサイトを参照しました。

Shakespeare Documented
https://shakespearedocumented.folger.edu/

ファクトチェックのために利用したのは、主に次のサイトです
「コトバンク」https://kotobank.jp/
「ブリタニカ百科事典」https://www.britannica.com/

古典作品や初版本については、以下のサイトを積極的に参照しました。
「青空文庫」 https://www.aozora.gr.jp/
「Project Gutenberg 」https://www.gutenberg.org/
「Internet Archive」https://archive.org/

他に参照したのは、以下の文献です。

カークウッド、ルーシー『ザ・ウェルキン』徐賀世子訳（小鳥遊書房、2022 年）
河合祥一郎「訳者あとがき」『新訳　ハムレット』（角川書店、2003 年）。
サン＝テグジュペリ『星の王子さま』内藤濯訳（岩波書店、2017 年）
シェーンボーム、サミュエル『シェイクスピアの生涯 ―― 記録を中心とする』小津次郎他訳（紀伊國屋書店、1982 年）
ストッパード、トム『トム・ストッパードⅢ ―― ローゼンクランツとギルデンスターンは死んだ』小川絵梨子訳（早川書房、2017 年）
谷川多佳子『メランコリーの文化史 ―― 古代ギリシアから現代精神医学へ』（講談社、2022 年）
パークス、ティム『メディチ・マネー ―― ルネサンス芸術を生んだ金融ビジネス』北代美和子訳（白水社、2007 年）
ブロック、マルク『王の奇跡 ―― 王権の超自然的性格に関する研究／

特にフランスとイギリスの場合』井上泰男・渡辺昌美訳（刀水書房、1998年）
ベーコン、フランシス『ベーコン随筆集』渡辺義雄訳（岩波書店、1983年）
南谷覺正、「ハムレットの第四独白の訳について」、群馬大学社会情報学部研究論集、第15巻（2008年）、237-257頁。
山根宏「「恋愛」をめぐって　明治20年代のセクシュアリティ」『立命館言語文化研究』19巻4号（2007）315-332頁。

John Michael Archer, *Citizen Shakespeare: Freemen and Aliens in the Language of the Plays* (Palgrave Macmillan, 2005)
Raymond Crawfurd, *The King's Evi*l（Clarendon Press,1911）
Julius Green, *Curtain Up: Agatha Christie: A Life in the Theatre* (Harper, 2015)
Terence Hawkes, *Meaning by Shakespeare*（Routledge, 1992）
Lisa Hopkins, *Burial Plots in British Detective Fiction* (Palgrave, 2021)
James C. Humes, *Confessions of a White House Ghostwriter: Five Presidents and Other Political Adventures* (Regnery Publishing,1997)
James C. Humes, *Citizen Shakespeare: A Social and Political Portrait* (University Press of Armer, 2003)

【著者】

小野俊太郎

（おの　しゅんたろう）

文芸・文化評論家
1959年、札幌生まれ。
東京都立大学卒、成城大学大学院博士課程中途退学。成蹊大学などでも教鞭を執る。
著書に、『ハムレットと海賊』（松柏社）、
『[改訂新版] ピグマリオン・コンプレックス』『ガメラの精神史』（小鳥遊書房）、
『スター・ウォーズの精神史』『ゴジラの精神史』（彩流社）、
『モスラの精神史』（講談社現代新書）や
『大魔神の精神史』（角川 one テーマ21新書）のほかに、
『〈男らしさ〉の神話』（講談社選書メチエ）、『社会が惚れた男たち』（河出書房新社）、
『日経小説で読む戦後日本』（ちくま新書）、
『『ギャツビー』がグレートな理由』『新ゴジラ論』『フランケンシュタインの精神史』
『ドラキュラの精神史』（ともに彩流社）、
『快読　ホームズの『四つの署名』』『『アナと雪の女王』の世界』
『「クマのプーさん」の世界』『『トム・ソーヤーの冒険』の世界』
『エヴァンゲリオンの精神史』（小鳥遊書房）など多数。

シェイクスピア劇の登場人物も、みんな人間関係に悩んでいる

作品から学ぶ言葉の力

2023年4月28日　第1刷発行

【著者】
小野俊太郎

発行者：高梨 治

発行所：株式会社**小鳥遊書房**
〒102-0071　東京都千代田区富士見1-7-6-5F
電話 03-6265-4910（代表）／FAX 03-6265-4902
https://www.tkns-shobou.co.jp
info@tkns-shobou.co.jp

装幀　宮原雄太（ミヤハラデザイン）
印刷　モリモト印刷株式会社
製本　株式会社村上製本所
ISBN978-4-86780-015-7　C0098